名家散文珍藏

宗璞散文

宗璞 著

浙江文艺出版社

扫一扫，走近名家

目录

湖光塔影

003 西湖漫笔

008 墨城红月

012 湖光塔影

017 废墟的召唤

022 爬山

029 鸣沙山记

033 奔落的雪原

039 三峡散记

047 我爱燕园

052 燕园石寻

056 “热海”游记

060 燕园树寻

065 孟庄小记

075 三千里地九霄云

二十四番花信

083 一年四季
087 柳信
092 紫藤萝瀑布
095 丁香结
097 冬至
099 好一朵木槿花
103 报秋
106 送春
110 松侣
115 促织，促织！
119 二十四番花信

云在青天

125 萤火

131 彩虹曲社

135 酒和方便面

140 风庐茶事

144 从“粥疗”说起

148 京西小巷槐树街

151 风庐乐忆

155 药杯里的莫扎特

159 从近视眼到远视眼

164 乐书

168 那祥云缭绕的地方

174 云在青天

铁箫声幽

183 没有名字的墓碑

189 写故事人的故事

196 看不见的光

201 三松堂断忆

209 猫冢

215 花朝节的纪念

224 客有可人

231 蜡炬成灰泪始干

238 耳读《苏东坡传》

245 采访史湘云

249 铁箫声幽

湖光塔影

平生最喜欢游山逛水。这几年来，很改了不少闲情逸致，只在这山水上头，却还依旧。

西湖漫笔

平生最喜欢游山逛水。这几年来，很改了不少闲情逸致，只在这山水上头，却还依旧。那五百里滇池粼粼的水波，那兴安岭上起伏不断的绿沉沉的林海，那开满了各色无名的花儿的广阔的呼伦贝尔草原，以及那举手可以接天的险峻的华山……曾给人多少有趣的思想，曾激发起多少变幻的感情。一到这些名山大川异地胜景，总会有一种奇怪的力量震荡着我，几乎忍不住要呼喊起来："这是我的伟大的、亲爱的祖国——"

然而在足迹所到的地方，也有经过很长久的时间，我才能理解、欣赏的。正像看达·芬奇的名画《永远的微笑》[1]，我曾看过多少遍，看不出她美在哪里；在看过多少遍之后，一次又拿来把玩，忽然发现那温柔的微笑，那嘴角的线条，那手的表情，是这样无以名状的美，只觉得眼泪直涌上来。山水，也是这样的，去上一次两次，可能不会了解它的性情，直到去过三次四次，才恍然有所悟。

我要说的地方，是多少人说过写过的杭州。六月间，我第四次去到西子湖畔，距第一次来，已经有九年了。这九年间，我竟没有说过西湖一句好话。发议论说，论秀媚，西湖比不上长湖天真自然，楚楚有致；论宏伟，比不上太湖，烟霞万顷，气象万千——好在到过的名湖不多，不然，不知还有多少谬论。

奇怪得很，这次却有着迥乎不同的印象。六月，并不是好时候，没有花，没有雪，没有春光，也没有秋意。那几天，有的是满湖烟雨，山光水色俱是一片迷蒙。西湖，仿佛在半醒半睡。空气中，弥漫着经了雨的栀子花的甜香。记起东坡诗句："水光潋滟晴方好，山色空蒙雨亦奇。"便想，东坡自是最了解西湖的人，实在应该仔细观赏领略才是。

正像每次一样，匆匆地来，又匆匆地去。几天中我领略了两个字，一个是"绿"，只凭这一点，已使我流连忘返。雨中去访灵隐，一下车，只觉得绿意扑眼而来。道旁古木参

---

① 《永远的微笑》，即《蒙娜丽莎》。

天，苍翠欲滴，似乎飘着的雨丝儿也都是绿的。飞来峰上层层叠叠的树木，有的绿得发黑，深极了，浓极了；有的绿得发蓝，浅极了，亮极了。峰下蜿蜒的小径，布满青苔，直绿到了石头缝里。在冷泉亭上小坐，直觉得遍体生凉，心旷神怡。亭旁溪水琤瑽，说是溪水，其实表达不出那奔流的气势，平稳处也是碧澄澄的，流得急了，水花飞溅，如飞珠滚玉一般，在这一片绿色的影中显得分外好看。

西湖胜景很多，各处有不同的好处，即便一个绿色，也各有不同。黄龙洞绿得幽，屏风山绿得野，九溪十八涧绿得闲……不能一一去说。漫步苏堤，两边都是湖水，远水如烟，近水着了微雨，泛起一层银灰的颜色。走着走着，忽见路旁的树十分古怪，一棵棵树身虽然离得较远，却给人一种莽莽苍苍的感觉，似乎是从树梢一直绿到了地下。走近看时，原来是树身上布满了绿茸茸的青苔，那样鲜嫩，那样可爱，使得绿茵茵的苏堤，更加绿了几分。有的青苔，形状也很有趣，如耕牛，如牧人，如树木，如云霞，有的整片看来，布局宛若一幅青绿山水。这种绿苔，给我的印象是坚忍不拔，不知当初苏公对它们印象怎样。

在花港观鱼，看到了又一种绿，那是满地的新荷。圆圆的绿叶，或亭亭立于水上，或婉转靠在水面，只觉得一种蓬勃的生机，跳跃满池。绿色，本来是生命的颜色。我最爱看初春的杨柳嫩枝，那样鲜，那样亮，柳枝儿一摆，似乎蹬着脚告诉你：春天来了。荷叶则要持重一些，到初夏则更显成熟，但那透过活泼的绿色表现出来的茁壮的生命力，是一样的。再加上叶面上的水珠儿滴溜溜滚着，简直好像满池荷叶都要裙袂飞扬，翩然起舞了。

从花港乘船而回，雨已停了。远山青中带紫，如同凝住了一段云霞。波平如镜，船儿在水面上滑行，只有桨声欸乃，愈增加了一湖幽静。一会儿，摇船的姑娘歇了桨，喝了杯茶，靠在船舷，只见她向水中一摸，顺手便带上一条欢蹦乱跳的大鲤鱼。她自己只微笑着一声不出，把鱼甩在船板上。同船的朋友看得入迷，连连说：这怎么可能！上岸时，又回头看那在浓重暮色中变得无边无际的白茫茫的湖水，惊叹道：真是个神奇的湖！

我们整个的国家，不是也可以说是神奇的吗？我这次来领略到的另一个字，就是“变”。和全国任何地方一样，隔些时候去，总会看到变化，变得快，变得好，变得神奇。都锦生织锦厂在我印象中，是一个狭窄的旧式的厂子。这次去，走进一个花木葱茏的大院子，我还以为找错了地方。技术上、管理上的改进和发展就不用说了。我看到织就的西湖风景，当然羡慕其织工精细，但却想，怎么可能把祖国的锦绣河山织出来呢？不可能的。因为河山在变，在飞跃！最初到花港时，印象中只是个小巧曲折的园子，四周是一片荒芜。这次却见变得开展了，加上好几处绿草坪，种了许多叫不上名字来的花和树，顿觉天地广阔了许多，丰富了许多。那在新鲜的活水中游来游去的金鱼们，一定会知道得更清楚吧。据说，这一处观赏地带原来只有二亩，现在已有二百一十亩。我和数字是没有什么缘分的，可是这次我却深深记住了。这种修葺，是建设中极其次要的一部分，从它，可以看出更多的东西……

更何况西湖连性情也变得活泼热闹了，星期天，游人泛舟湖上，真是满湖的笑，满湖的歌！西湖的度量，原也是容得了活泼热闹的。两三人寻幽访韵固然好，许多人畅谈畅游也极佳。见公共汽车往来运载游人，忽又想起东坡在密州出猎时写的一首《江城子》："老夫聊发少年狂，左牵黄，右擎苍，锦帽貂裘，千骑卷平冈。"想来他在杭州，当有更盛的情景吧？那时是"倾城随太守"，这时是每个人在公余之暇，来休息身心，享山水之乐。这热闹，不更千百倍地有意思吗？

希腊画家亚伯尔曾把自己的画放在街上，自己躲在画后，听取意见。有一个鞋匠说人物的鞋子画得不对，他马上改了。这鞋匠又批评别的部分，他忍不住从画后跑出来说，你还是只谈鞋子好了。因为对西湖的印象究竟只是浮光掠影，这篇小文，很可能是鞋匠的议论，然而心到神知，想西湖不会怪我唐突吧？

1961年7月

墨城红月

一过兴安岭，觉得天气猛然一凉。车窗外不再是无边的青纱帐，先是些高高低低的灌木丛，再过去，就是均匀的绿色。这就是呼伦贝尔草原吗？直到看见那黑色的，又有些透明的河水，才恍然，确实又来到草原上了。

不知为什么，这里的大大小小的河水都是那样一种黑色，它一点不浑浊，只显得有些冷，有些重。但它自己一点不觉得，只顾流着。草原上的中心城市海拉尔，意思是“墨城”。我第一次来时，觉得很奇怪，这个新兴的城和墨城哪里有什么关系。这一次，我从河水又认识了草原，便猜想，墨城的名字，可能是从河水而来吧。

墨城海拉尔便在这样一条河旁，河上有大桥把新旧市区连接起来。这次旅行，喜欢活动的我，为病所拘，不曾出去活动，只管坐着看天。有时在桥上闲步，水嘛，只是流，已经知道它的特点了，便也还是看天。不料从天上，竟也看出一些名目。

这天是草原上的天，草原毫无遮拦，这样开阔，这样坦率，只是一个劲儿地绿。天呢，却是变化多端。它常常显得离地很近，有时站在四不靠的草原上，总觉得天还是可以用手摸得到的，在大桥上看日落，真是“远在天边，近在眼前”了。太阳如同从炉中锻出的炽热的铁，红得发白。沉下去以后，天边还久久地染着余光。我便想，那一块天，一定很烫很烫。

那云也奇怪。它仿佛不在天上，而在地上，应该说，就是在那天和地的交界上。像要往上飘，又像要往下落，让人摸不着头脑。有时乌云密布，天阴沉沉的，滴得下水来。忽然间云在空中活动起来，大块大块地往天边滑去，太阳马上就光灿灿的，照得人睁不开眼。天也骤然升高了，就是飞，也难得上去了。那些云，都集中到一堆，落到天地的边缘上，好像是谁在那刷了一笔浓墨。想来那里一定会下大雨，让丰盛的草原畅饮一番。再等一会儿，这一“笔”勾销了，却又在天的另一边，添上了一笔。这看不见的笔挥来挥去，云层就汹涌而来，呼啸而去，忙个不停。那施云童子、布雾郎君，以及四海的龙王爷，在这一带的任务似乎特别繁忙，我真替他们累得慌呢。

一个傍晚，千变万化的落照已经过去了。只在天地间有一道明亮的红云，直从暮色中透过来。我站在桥上望着它，等它隐去，然而它竟不，只执拗地横在那里。等着等着，云层中忽然起了一团红光，像是个正燃烧的火球，滚了一阵，又倏地消失了。紧接着一个火球又是一个火球，都是那样闪着红光，滚滚而逝。正在看得有趣，听见有人说："打雷啦，闪电啦，可该回家啦。"回头一看，见是个年老的牧民，牵着一匹肥壮的马，准也是要回家，望着我亲切地笑着。我便也向他笑笑，往住处走去，一路还回头去看那云后的闪电。

过了几天，便是中元节。我的看天的兴趣也达到了顶峰，因为那月亮更是奇怪，它从草原的尽头升起时，简直大得吓人，足像个汽车轮子——当然比汽车轮子好看。它照着刚被黑夜笼罩的绿色草原，现出一种淡黄的颜色，周围有轻云缠绕，引人深思。行到中天，便全没了那种朦胧的气氛，十分明亮，十分光洁。照得上下左右，成了一片通明的世界，让人看了，胸中再存不住半点杂念。等到将落未落时，却又变成朱红的颜色，在碧沉沉的天空里，红色那样含蓄，那样润泽。记得听人唱过一个民歌，其中有"天上的红月亮"的句子，觉得奇怪，月亮哪有红的呢，最多是黄的。在这里，知道了月亮真有红的，而且是这样的红，那红色是活泼的，流动的，仿佛它正在红着……

曾和几位考古专家一同步月，他们用洞察过去的眼光看出这月光下的旷野应该是古战场。这一带民族复杂，地居险要，一向是争战的场所，然而那确都已成了过去。草原，在民族大家庭里劳动着，成长着。在桥头，又看见那老牧民，还是牵着那肥壮的马，大步走着。我们像老相识似的攀谈了很久。他小声告诉我："咱盟里今年的牲畜，比去年增加了几十万头。"我看着他，高兴而又惊异。他，这个满面风霜的老人，关心的是整个草原的兴旺。扭转乾坤的不就是他，许许多多的他吗？

月光照着他骑马向草原上驰去，我也没问他家住在哪儿。月亮会知道的吧？它默默地照了几千年几万年了。它知道今天的考古专家们将来也会被别人考古，而它也知道这个时代的人怎样在有限的生命里热情地、努力地创造着无限的历史。

我久久不能入睡。推开窗户，等着看那碧天红月的奇景。草原是多么辽阔，天空是多么明净，我们的祖国是多么美，多么好，便连月亮，也是红的啊！

1962年9月

湖光塔影

从燕园离去的人，难免沾染些泉石烟霞的癖好。清晨在翠竹下读书，黄昏在杨柳岸边散步，习惯了，自然觉得燕园的朝朝暮暮，和那一木一石融在一起，难以分开。在诸般景色中，最容易萦绕于人们思念的，大概是那湖光塔影的画面了。但若真把这幅画面落到纸上，究竟该怎样着笔，我却想不出。

小时候，常在湖边行走。只觉得这湖水真绿，绿得和岸边丛生的草木差不多，简直分不出草和水、水和草来；又觉得这湖真大，比清华的荷花池大多了，要不然怎么一个叫池，一个叫湖呢。对面湖岸看来不远，但可要走一会儿，不像荷花池一跑便是一圈。湖中心有一个绿色的小岛，望去树木葱茏，山石叠翠。岛东有一条白色的石船，永恒地停在那里。虽然很近，我却从未到过岛上，只在岸边看着鱼儿向岛游去，水面上形成一行行整齐的波纹。“鱼儿排队！”我想。在梦中，我便也加入鱼儿的队伍，去探索小岛的秘密。

一晃过了几十年，这里经过了多少惊涛骇浪。我在经历了人世酸辛之余，也已踏遍燕园的每一个角落，领略了花晨月夕，四时风光。未名湖，湖光依旧。那塔，应该是未名塔了，但却从没有人这样叫它。它矗立在湖边，塔影俨然。它本是实用的水塔，建造时注意到为湖山生色，仿照了通州十三层宝塔的式样。关于通州塔，有许多优美的传说故事，而这未名塔最让人难忘的，只是它投在湖水上的影子。晴天时，岸上的塔直指青天，水中的塔深延湖底。湖水一片碧绿，塔影在湖光中，檐角的小兽清晰可辨。阴雨时，黯云压着岸上的塔，水中的塔也似乎伸展不开。雨珠儿在湖面上跳落，泛起一层水汽。塔影摇曳了，散开了，一会儿又聚在一起，给人一种迷惘的感觉。雾起时，湖、塔都笼罩着一层层轻纱。雪落时，远近都覆盖着从未剪裁过的白绒毡。

月夜在湖上别有一番情调。湖西岸有一座筑有钟亭的小山，山侧有树木、草地和一条小路。月光在这儿，多少有些局促。循小路转过山角，眼前忽然一亮，只见月色照得一片通明，水面似乎比白天宽阔了许多，水波载着月光不知流向何方。但那北岸树丛中的灯火，很快显示了湖岸的线条，透露了未名湖的秀雅风致。行近岸边，长长的柳丝摇曳着月色湖光。水的银光下是挺拔的塔影，天的银光下是挺拔的塔身。湖中心的小岛蓊蓊郁郁，显得既缥缈又实在。这地面上留住的月光和湖面上的不同。湖面上的闪烁跳跃，如同乐曲中轻盈的拨弦；地面上的迷茫空灵，恰似水墨画中不十分均匀的笔触。

循路东行到一座小石桥边，向右折去，是一潭与未名湖相通的水。水面不大，三面山坡，显得池水很深。山坡上树木茂密，水边石草杂置。月光从树中照进幽塘，水中反射出冷冷的光，真觉得此时应有一只白鹤从水上掠过，好为那“寒塘渡鹤影，冷月葬诗魂”的诗句作出图解。

又是清晨的散步。想是因为太早，湖畔阒寂无人，只有知了已开始一天的喧闹。我在小山与湖水之间徐行，忽然想起，这山上有埃德加·斯诺先生的遗骨，我此时并不是一个人在这里。斯诺墓已经成为未名湖畔的一个名胜了。简朴的墓碑上刻着“中国人民的美国朋友”的字样。这墓地据说原是花神庙的遗址。湖边上，正在墓的迎面，有一座红色的、砖石筑成的旧庙门，那想是原来的庙门了。我想，中国的花神会好好照看我们的朋友。而朋友这个名词所表现的深厚情谊，正是我们和全世界人民关系的内涵。

站在红门下向湖中的岛眺望，那白石船仍静静地停泊在原处，树木只管各自绿着。但这几年，在那浓绿中，有一个半球状的铁网样的东西赫然摆在那里，仰面向着天空。那是一架射电天文望远镜，用来接收其他星体的电波。有的朋友认为它破坏了自然的景致，我却觉得它在湖光塔影之间，显示出人类智慧的光辉。儿时的梦在我的眼前浮起，我要探索的小岛的奥秘，早已由这架望远镜向宇宙公开了。

沉思了片刻，未名塔的背后已是一片朝霞。平日到这时分，湖边的人会渐渐多起来。有人跑步，有人读书，整个湖上充满了活泼的生意。这时却只有两个七八岁的小学生在我旁边，他们不知从何时起，坐在岸石上，聚精会神地观察水里的鱼。我想起现在已经放暑假了，孩子才有时间清早在水边流连。

“看！鱼！鱼排队！”他们高兴地大叫大嚷，一面指着水面上整齐的一行行波纹，波纹正向小岛行去。

“骑鱼探险去吧？”我不由得笑问。

“你怎么知道？”他们冲我眨眼睛，又赶快去盯住大鱼。我不只知道这个，还知道这小岛的奥秘早已不在孩子们话下，他们的梦，应该是探索宇宙的奥秘了。

我怕打扰他们，便走开了。信步来到大图书馆前。这图书馆真有北京大学的气派。四层楼顶周围镶嵌的绿琉璃瓦在朝阳的光辉里闪闪发亮，正门外有两大片草地，如同两潭清浅的池水。凸出的门廊阶下两长排美人蕉正在开放，美人蕉后是木槿树，雪青、洁白的花朵缀在枝头。馆门上高悬“北京大学图书馆”七个挺秀的大字。这里藏书三百二十万册，有两千多个座位，还是终日座无虚席。平时，每天清晨，总有许多人在门前等候。有几次，这些年轻人别出心裁，各自放下装得鼓鼓的书包，由书包排成了长长队伍。书包虽不像鱼儿会游泳，但却引导人们在知识的活水中得到营养，一步步攀登高峰。这些年轻人中的一部分已经奔向祖国的四面八方，用学得的知识从事建设了。今后，还会有更多的年轻人来这里学习，汲取知识的活水。

这时，我虽不在未名湖畔，却想出了一幅湖光塔影图。湖光、塔影，怎样画都是美的，但不要忘记在湖边大石上画一个鼓鼓的半旧的帆布书包，书包下压着一纸我们伟大祖国的色彩绚丽的地图。

1979 年 8 月

废墟的召唤

冬日的斜阳无力地照在这一片田野上，刚是下午，清华气象台上边的天空，已显出月牙儿的轮廓。顺着近年修的柏油路，左侧是干皱的田地，看上去十分坚硬，这里那里，点缀着断石残碑。右侧在夏天是一带荷塘，现在也只剩下冬日的凄冷。转过布满枯树的小山，那一大片废墟呈现在眼底时，我总有一种奇怪的感觉，好像历史忽然倒退到了古希腊罗马时代。而在乱石衰草中间，仿佛该有着妲己、褒姒的窈窕身影，若隐若现，迷离扑朔。因为中国社会出奇的“稳定性”，几千年来的传统一直到那拉氏，还不中止。

这一带废墟是圆明园中长春园的一部分，从东到西，有圆形的台，长方形的观，已看不出形状的堂和小巧的方形的亭基。原来都是西式建筑，故俗称西洋楼。在莽苍苍的原野上，这一组建筑遗迹宛如一列正在覆没的船只，而那丛生的荒草，便是海藻，杂陈的乱石，便是这荒野的海洋中的一簇簇泡沫了。三十多年前，初来这里，曾想，下次来时，它该下沉了吧？它该让出地方，好建设新的一切。但是每次再来，它还是停泊在原野上，远瀛观的断石柱，在灰蓝色的天空下，依然寂寞地站着，显得四周那样空荡荡，那样无依无靠。大水法的拱形石门，依然卷着波涛。观水法的石屏上依然陈列着兵器甲胄，那雕镂还是那样清晰，那样有力。但石波不兴，雕兵永驻，这蒙受了奇耻大辱的废墟，只管悠闲地、若无其事地停泊着。

时间在这里，如石刻一般，停滞了，凝固了。建筑家说，建筑是凝固的音乐。建筑的遗迹，又是什么呢？凝固了的历史吗？看那海晏堂前（也许是堂侧）的石饰，像一个近似半圆形的容器，年轻时，曾和几个朋友坐在里面照相。现在石“碗”依旧，我当然懒得爬上去了，但是我却欣然。因为我的变化，无非是自然规律之功罢了，我毕竟没有凝固。

对着这一段凝固的历史，我只有怅然凝望。大水法与观水法之间的大片空地，原来是两座大喷泉，想那水姿之美，已到了标准境界，所以以“法”为名。西行可见一座高大的废墟，上大下小，像是只剩了一截的、倒置的金字塔。悄立

“塔”下，觉得人是这样渺小，天地是这样广阔，历史是这样悠久。

路旁的大石龟仍然无表情地蹲伏着，本该竖立在它背上的石碑躺倒在土坡旁。它也许很想驮着这碑，尽自己的责任吧？风在路另侧的小树林中呼啸，忽高忽低，如泣如诉，仿佛从废墟上飘来了“留——留——”的声音。

我诧异地回转身去看了。暮色四合，方外观的石块白得分明，几座大石叠在一起，露出一个空隙，像要对我开口讲话。告诉我这里经历的烛天的巨火吗？告诉我时间在这里该怎样衡量吗？还是告诉我你的向往，你的期待？

风又从废墟上吹过，依然发出“留——留——”的声音。我忽然醒悟了。它是在召唤！召唤人们留下来，改造这凝固的历史。废墟，不愿永久停泊。

然而我没有为这努力过吗？便在这大龟旁，我们几个人曾怎样热烈地争辩啊。那时的我们，是何等慷慨激昂，是何等满怀热忱！和人类比较起来，个人的一生是小得多的概念了，每个人自有理由做出不同的解释。我只想，楚国早已是湖北省，但楚辞的光辉，不是永远充塞于天地之间吗？

空中一阵鸦噪，抬头只见寒鸦万点，驮着夕阳，掠过枯树林，转眼便消失在已呈粉红色的西天。在它们的翅膀底下，晚霞已到最艳丽的时刻，西山在朦胧中涂抹了一层娇红，轮廓渐渐清楚起来。那娇红中又透出一点蓝，显得十分凝重，正配得上空气中摸得着的寒意。

这景象也是我熟悉的，我不由得闭上眼睛。

“断碣残碑，都付与苍烟落照。”身旁的年轻人在自言自语。事隔三十余年，我又在和年轻人辩论了。我不怪他们，怎能怪他们呢！我嗫嚅着，很不理直气壮。“留下来吧！就因为是废墟，需要每一个你啊。”

“匹夫有责。”年轻人是敏锐的，他清楚地说出我嗫嚅着的话。“但是怎样尽每一个我的责任？怎样使环境允许每一个我尽责任？”他微笑，笑容介于冷和苦之间。

我忽然理直气壮起来：“那怎样，不就是内容吗？”

他不答，他也停了说话，且看那瞬息万变的落照。迤逦行来，已到水边。水已成冰，冰中透出枝枝荷梗，枯梗上漾着绮辉。远山凹处，红日正沉，只照得天边山顶一片通红。岸边几株枯树，恰为夕阳做了画框。框外娇红的西山，这时却全是黛青色，鲜嫩润泽，一派雨后初晴的模样，似与这黄昏全不相干。但也有浅淡的光，照在框外的冰上，使人想起月色的清冷。

树旁乱草中窸窣有声，原来有人作画。他正在画板上涂着颜色，涂了又擦，擦了又涂，好像不知怎样才能把那奇异的色彩捕捉在纸上。

“他不是画家。”年轻人评论道，“他只是爱这景色——”

前面高耸的断桥便是整个圆明园唯一的遗桥了。远望如一个乱石堆，近看则桥的格局宛在。桥背很高，桥面只剩了一小半，不过桥下水流如线，过水早不必登桥了。

“我也许可以想一想，想一想这废墟的召唤。”年轻人忽然微笑说，那笑容仍然介于冷和苦之间。

我们仍望着落照。通红的火球消失了，剩下的远山显出一层层深浅不同的紫色。浓处如酒，淡处如梦。那不浓不淡处使我想起春日的紫藤萝，这铺天的霞锦，需要多少个藤萝花瓣啊。

仿佛听说要修复圆明园了。我想，能不能留下一部分废墟呢？最好是远瀛观一带，或只是这座断桥，也可以的。

为了什么呢？为了凭吊这一段凝固的历史，为了记住废墟的召唤。

1979 年 12 月

爬　山

我喜欢爬山。

山，可不是容易亲近的，得有多少机缘凑合，才能来到山的脚下。谁也不能把山移到家门前。它不像书，无论内容多么丰富高深，都可以带来带去，枕边案上，随时可取。置身于山脚，才是看到书的封面，或瑰丽，或淡雅，或雄伟，或玲珑，在这后面蕴藏着不知；若要见到每一页的景象，唯一的办法，是一步步走。

山是老实的。山也喜欢老实的、一步一步走着的人。

我们开始爬山。路起始处有几户人家，几棵大树，一点花草，点缀着这座光秃秃的山。向上伸展着的路，黄土白石，很是分明。到了一定的高度，便成为连续不断的之字形，从这面山坡转过去，不知通向哪里。

“云水洞在那儿?”侄辈问村舍边的老汉。

“在那后面。”老汉仰首指着邻近山峰上的三根电线杆，“还在那杆后面。”他看看我们，笑道：“上吧!”

山路不算险，但因没有修整，路面崎岖，很难行走。我爬到半山腰，已觉气喘吁吁。转身不需要仰首，便见对面山上云雾缭绕，山脚的几户人家，也消失在那一点绿荫中了。

“能上去吗?”家人问。

当然能的。我们略事休息，继续攀登。又走了一段，我心跳，头也发涨，连忙摸摸衣袋中的硝酸甘油，坐了下来。“不去了，好吗?”家人又问。

当然要去的！只要多休息，从容些就行。我们逐渐升高，山顶越来越近了。

已经有下山的人，他们是从另一侧上去的。“还有多远?”上山的人总爱问。“不远了，快一半了。”“值得看，那洞像天文馆一样。”下山的人说。在同一条山路处，互不相识的人总是互相关心，互相鼓励的。虽然在人生的道路上，并不尽然。

转过了山头，便是下坡路了。可以看见对面山头上的三根电线杆，而无须仰首了。这山头后面的山腰中有两间小屋，一前一后。“那里就是了!”有人叫起来。大家为之精神一振，人们加快了脚步。我还是一步步有节奏地走着。山坳里不再光秃秃，森然的树木送来清凉的空气。走着走着，深深的山谷中忽然出现一堵高大的断墙，巨石一块块摞着，好像随时会倒下来。不知经过了多少年月，多少水流风力和地壳变化，叠成了这堵墙，这倒有点像黄山的景色。我忽然想起，去年今日，我正在黄山的云海中行走。

对云水洞的向往阻止了关于黄山的回忆，我们终于到了。一路风景平淡，洞外更像个集市，乱哄哄都是人。洞里会怎样？因为谁也不曾到过这类的洞，大家都很兴奋。进洞了，甬道不宽，地上湿漉漉的，洞顶也在滴水。灯光很弱，显得有些神秘。

前面的人忽然发出一阵惊叹之声，我们进入了一个大厅堂。头上是一个大圆顶，这样的高大！似乎山也没有这样高。“那么山是空的了。”谁说了一句。我们还没有来得及惊叹，灯光灭了，眼前漆黑一片，惊叹声变作惋惜的叹声。如果罩住我们的穹隆能像天文馆的圆顶，发出光来就好了。没有光，什么也看不见。我觉得头上便是黑夜的天空本身，亿万年前便笼罩着大地的天空本身，而我们是在山的内部！人流向前进了，我们模糊地觉得有几块大石，矗立在路边。卧虎？翔龙？还是别的什么？只好想象。有的时候，身在现场也需要想象的。

我们看到石的帐幔，又是这样高大！像是它撑住了黑色的天空。看到洞顶垂下的石钟乳，如同小小的瀑布；听讲解员敲了几下石鼓、石钟，鼓声浑厚，钟声清亮，却不知它们的形状。看得最清楚的，是路边的一只骆驼。它站在那里，不知有几千万年了。第五厅较小，身旁石壁上缀满了闪亮的雪花，头顶垂着一穗穗玉米，不知出自哪一位能工巧匠之手。等我们赶到第六厅——最后一厅时，看到了一座座玲珑剔透的山峰，在明亮的灯光下，宛如仙境，据说这里有十八罗汉像。又是正要惊叹时，灯倏地灭了，只好慨叹缘悭，不得识罗汉面。但是得睹仙山，也算是到了西天吧。

限于时间，不能等下一次开灯。虽然只匆匆一瞥，那宏伟、那奇特、那黑暗都留在了我的眼前。回来的路上，大家仍兴奋地谈说，只因没有看全，稍有些遗憾。我却满意，因为这番见识，是靠一步步走，才得到的。

我们又一步步下了山。山脚的老汉在路边摆出许多块上水石。他问："上去了？"我对他笑。要知道，比这高得多的山我也上去了呢，无非一步步走而已。

车上人都睡了。我不由得又想起黄山上的那几天。那一次医生原不批准我上山，见我心诚，才勉强同意。我也准备半途而废的。到慈光阁的路上，只是一般山景，已经累了。上了庙后的从容亭，忽觉豁然开朗，远处的大谷，露出宽阔的石壁，如同敞开胸怀，欢迎每一个来客。小路便沿着这雄伟的山谷，向上，向上，消失在云雾中。谁能在这里止步呢？而且那“从容”两字用得多好！我常觉黄山的文化修养较差，是件憾事。这两个字，却是我一直不忘的。

到半山寺，我已抬不起脚。猛抬头，看见天都峰顶的金鸡，是那样惟妙惟肖，顿时又有了力气。“上来吧！上来吧！”它在叫天门，也在召唤远方的陌生人。走吧，走吧，一步步从容地走，终究会到的。

上得蟠龙坡，才真算到了黄山。从这里开始，上下完全是两个世界。从坡顶远望，每一座山，都好像各自从地下拔起，不慌不忙地高耸入云。我恍然大悟，黄山，原是个大石林。站在没有遮拦的坡顶，罡风吹走了下界的一切烦恼，奇丽的景色涤荡着心胸，只觉得眼前这般开阔，心上了无牵挂，毫无纤尘，真如明镜台了。怪不得庙宇、庵、观都选在奇峰异壑，才能修身养性呢。

记得在玉屏楼那晚，本想出来看月的。前两天汤溪的夜，真是月明如洗。只是房中人太多，我在最里面，走不出来。只好从一个狭窄的窗中，对着黑黝黝的大石壁，想象着月下的群山怎样模糊了轮廓，而群山上的月，又是怎样格外明亮，格外皎洁。

半途而废的计划取消了。我继续一步一步向上爬。忽见远处一片明亮的水，中间隐现城池，我以为那是“人寰处”了。被问的人大笑，说那便是著名的云海，只可惜浅了些，所以露出些峰峦。我坐定了观赏，见它波涛起伏，真像大海一般，但它究竟是云，看上去虚无缥缈，飘飘荡荡，与大海的丰富沉着，是两般风味。黄山是山，山中划分区域，以海为名，最初想到这样命名的，也算是聪明人了。

我一步步走着。看那大鳌鱼，那样大，那样高，那样远。我终于钻进了它的腹中，又从嘴里出来了。我在平天矼上漫步，在东海门流连。我走的是现成的路，是别人一步步走出来的现成的路。徐霞客初到黄山时，是用锄凿冰，凿出一个坑，放上一只脚。如果在现成的路上还不能走，未免惭愧。当然，若是无心山水，当作别论。

我登上了始信峰，那是我登山的最终极处。这峰较小，却极秀丽，只容一人行走的窄石桥下，深渊无底。远看石笋矼，真如春笋出土，在悄悄地生长。峰顶是一块大石，石上又有石，我没有想到，上面又写着“从容”二字。

我从容地下了山。因为未上天都，有人为我遗憾。想来我虽不肯半途而废，却肯适可而止，才得以从容始，又以从容终。

后来一直想写一段关于黄山的文字，又怕过于肤浅，得罪山灵。不料从小小上方山的浮光掠影中联想到去年今日。无论怎样的高山，只要一步步走，终究可以达到山顶的。到达山顶的乐趣自不必说，那一步步走的乐趣，也不是乘坐直升飞机能够体会到的。

于是又想到把写文章比作爬格子的譬喻。林黛玉有话：

还得一笔笔地画。薛宝钗评论说：这话妙极了，不一笔一笔地画，可怎么画出来了呢。文章也是一个字一个字写的，不在格子上爬，可怎么写出来了呢？

不一步步爬，可怎么上山呢。

我喜欢爬山。

1980年8月

鸣沙山记

西行归来很久了，有些印象已经淡漠；也有些印象经过时间的酿造，轮廓反更分明，意思也更浓郁。这从记忆里时常浮现的画面之一，是鸣沙山。

鸣沙山在敦煌市城南，我们下榻在城东。城东果木成荫，绿色满眼，和华北的夏日无异。可是驱车不到半小时，下得车来，我忽然发现自己落入了沙的世界。眼前是一座沙山，脚下是厚厚的积沙，沙粒很细，踩上去如同在海滩行走。也许亿万年前，这里曾是海底吧。

眼前的沙山就是鸣沙山了。当时是晚上八时许，正值黄昏，那天天色似不很晴朗，在灰暗的天空下，巨大的沙山默默地站着，显得孤寂而遥远。山光光的，除了数不尽的细沙，什么也没有。因为有山，甚至也没有沙漠的瀚海无垠的气魄。但是好像有一种什么力量，使我们都肃然。那感觉不是空间上的，而是时间上的。时间退回到遥远的遥远的过去，那时生命还没有发生。没有动物的踪迹，也没有植物的覆被，有的只是永恒的静谧，和对未来的期待。

我们在沙漠上走，把鞋子拿在手中。风从耳边吹过。我看见风也向沙山上吹着，在半山腰把沙粒向上扬起，似乎是帮助沙山长得更高。我恍然，风若总是从这个方向这样吹，自不会湮没山脚下的泉水。

鸣沙山脚下有一个月牙泉，是与山齐名的。我们走了一段路再向右转，便看见四面黄沙之中那一弯明亮的水。水面据说较前小多了，也浅多了，但还清澈。水边有几株芦苇，大有江南水乡的意味。对岸有几处断墙残壁，那是以前庙宇的遗迹；还有一株枯树，巍然处于瓦砾之中。这一切，很像一幅纸色已经发黄，笔墨也已模糊的古画。这时有一个并没有骑驴的壮年人，安详地走进这幅画面，一点不理会这边的笑嚷，只顾穿过废墟，一直向远处走去。

“他一个人，往哪儿去?”我不禁问，望着远处的山，山那边当然还有山。

没有人能回答，我也不能去问个究竟。于是这孤寂的投向洪荒的身影，便和碧水黄沙一起，在记忆中留了下来。

这时天色更暗，鸣沙山显得更高了，仿佛离天空很近。风扬起细沙，在山腰形成一团团烟雾，又飘飘扬扬地散了。我转身向山脚走去，把伙伴们留在泉边。我真想爬上沙山，再从山上滑下来，据说就可以听到沙粒相撞的声音，但我还是适可而止了。我孤零零地站在山脚下，举目尽是灰色的沙，心中充满莫名其妙的喜悦。那感觉好像是在白茫茫的雪原上，正想扑进雪里抚摸雪的清凉；又如同在浩漫漫的大海边，正想站在起伏的海浪上随着波涛远去。我几乎跪下来拥抱大地！拥抱这孕育着生命，哺育着人类的整个的大地！大地的景色多么丰富，多么幻妙，多么奇，又多么美！这里有塞北的荒凉和江南的妩媚，有山的静止和水的流动，两种情调极不相同的美互相对照，相互辉映，互相联结，成为一体。我想长啸，听一听沙山和清泉的回响，我想大喊，呼叫那投向洪荒的寂寞的人。

“我们在这里！”我喊着。当然，连在月牙泉边的伙伴也听不见，更何况那远去的人。

我们确实在这里。我们在这里生活、战斗、成长。戈壁滩上有一座锁阳城遗址，据说现在夜晚仍有厮杀呐喊之声。记录着人类文明发展的敦煌文化，现在仍在呼吸，仍在散发着光辉。我看见那妙相庄严的菩萨，才忽然懂得“容光照人”这四个字。我看着著名的三兔藻井，真觉得画中的云在旋转、流动，就像眼前灰暗的天空上，大片的，缓缓流动着的，活着的云一样。

我们在这里，我们还要在这里长久地、更好地生活下去。

归途上大家踩着坎坷不平的阡陌，不觉议论道，千万不该在这样的山川中开这几亩不打粮食的田地，还抽用月牙泉水来浇田！做了多年的不肖子孙，现在总该明白一点了吧。

我不时回头，看那孤身远去的人是否赶了上来。沙山在渐浓的夜色中更显得巨大、沉重，沙粒仍然在山腰飘扬旋转，落到沙山上去。

“我们在这里。”我默默地说。

恐再无来鸣沙山的机缘了。我愿听到它的消息，使这一片景色在我的记忆中，苍茫的更苍茫，妩媚的更妩媚。

1981年12月31日

奔落的雪原

——北美观瀑记

对北美洲五大湖区的尼亚加拉大瀑布真是向往已久了。听说有人前往观赏，看着看着，忍不住跳了进去。也有人专门到那里自杀，大概以为那咆哮的急流能洗净世间的污秽吧。便想我若结识了大瀑布，当写一篇小说，写本是前往结束自己生命的人终于获得了生的力量，懂得了怎样赞美人生、谱写人生。那是一切名山大川应该给予人的，我相信尼亚加拉也是如此。

一路上我总想不通，这样大的瀑布怎能不在崇山峻岭之中，而是在平原上。经过五大湖之一的伊利湖时，只见水天一色，无边无际。公路上有不少疾驶的车，顶上倒扣一条船，便是去湖里游荡的。据说这湖连同另外三湖的水都是经大瀑布落到尼亚加拉河中，再经安大略湖、圣劳伦斯河流入大西洋的。这么多的水，想来那瀑布一定够壮观了。

车过靠近加拿大的巴法罗城时，已是下午。“不远了。”来过的人说。“怎么没有声音呢？”我想，因为目的地近了，大家都有些兴奋。我却忽然害怕起来，这平淡的湖水，连同周围平淡的景色，能汇集出怎样的雄伟呢？

下车后，我以为还要走一段路，却忽然发现已经到瀑布旁了。最先看到的是美国瀑布，立足处比河流的水面约高两三层楼。河水平静地、放心地流过来，似乎万万没有料到会猛然跌落。水色碧绿，到悬崖边时，忽然变作了大块的雪，轰然落下，溅起无数水花，使得瀑布下部宛如在云雾中。大雪块不断崩落下来，云雾不断升起。它这样宽，悬崖岸长一千一百英尺，又这样高，落差一百八十英尺。奔腾咆哮，好像要在顷刻间使出全身解数，而这顷刻一直延长了不知多少万年，永没有疲惫的时刻。

瀑布下是深谷，若凭走路，恐怕要走好一阵。我们乘电梯下到谷底去乘船，一会儿便到。电梯中可见美国瀑布旁边的小瀑布，名唤“新娘的面纱”。小瀑布再往北是三个瀑布中最大的、属于加拿大的马掌瀑布，悬崖岸边呈巨大的马蹄形，宽两千五百英尺，落差一百七十英尺。上船时发雨衣，船走时轰鸣的水声越来越大，船也越来越颠簸。真高啊，那急遽奔流的水壁！好像是天门大开，尽情地把水倾泻下来。到马掌瀑布下面了，浪花飞腾着，人们如立雨中。船还向前行，眼前什么也看不见，只是迷雾一片，不少人叫着笑着，连船下的水也在跳动，翻起无数水花。我望着四周迷蒙的水汽，就像在黄山上想跳入云海，在太平洋岸边想踏上海波一样，我真想跳下去！

当然只是想想而已。船慢慢地转身，回头看那宛如在天际的翻腾跃落如雪块般的水，因为太宽太高太大，一眼难以尽收。一条巨大的虹出现在迷茫的水汽中，弯弯的弧只划过瀑布的一角。在这里，瀑布一词似乎已不适用。布是窄条，而这里是这样雄伟，这样宽阔，这样急速地流动着，简直叫人喘不过气来。整个的雪原从天上崩落了！

啊，奔跑而崩落了，崩落了还继续奔跑着的雪原！

据说曾有不少人把自己装在桶里，随着瀑布落入深渊。不少人中只有一个少年生还，人们惊喜之余，给他将息调养，然后罚款。我在瀑布下走一遭，对这些冒险家增加了几分理解。可能谁都想随着瀑布跃下悬崖，尝一尝那飞在半空中、震撼灵魂的喜悦。不过真的伸出双手去拥抱能毁灭自己的巨大的力量，固然需要勇气，也未免任性。

这里人们的勇气和智慧是用在正当途径上的。原来流量每秒二十万零两千立方英尺的水，一半用来发电了。它给了人们多少光明，多少力量！到晚上，瀑布也不寂寞，强烈的灯光照着它，反正它不在乎，也不能抗议。古人叹昼短夜长，有人秉烛夜游，有人“只恐夜深花睡去，故烧高烛照红妆”。现代人的气魄大多了，夜游改用探照灯，白色灯光可以帮助人在黑夜中看到瀑布汹涌崩落的气势。凭栏倚望，有灯光处的水是一片闪烁的白，不像白天，在雪般的水花下泛出碧绿来。只是瀑布太宽，峡谷太深，无论多么强的光，落到那崩落的雪原般的千万年不曾停息的层层水花上，那巨大的无底深谷中，全显得黯淡微弱，使得整个峡谷更添了些神秘莫测、捉摸不定的色彩，一切都显得更遥远了。忽然间灯光颜色变了，暗红的颜色罩住了深谷。一会儿又变作绿的、蓝的、紫的，据说这是尼亚加拉大瀑布重要的一景。我却宁愿只要素朴的白，能帮助人们夜游便足够了。绮丽的颜色和伟大磅礴不大相称，何况还使人想起霓虹灯来。莫非这气势庄严的大瀑布也在做着一场繁华梦么？

夜深了。我们要睡了。大瀑布不管灯光怎样变幻，只顾奔跑着，跌落着，跳跃着，日以继夜地给人忘却一切的喜悦。它是勤劳的，清醒的。

次日清晨，我们又跨过美国瀑布上游，从山羊岛上步行向下，来到瀑布半中腰流连。这里上看飞流，下临云雾。瀑布似乎是悬空的，不知来龙去脉，只是向平面延伸，一直转了半圈，成为马蹄形。有这么大的马吗？是霍桑在《奇异的书》里描写的，载了英雄人物去砍下妖魔的三个头的那匹飞马吧？可惜我没有听到这里的传说，不过我自己可以编出一个来。

这时，在美国瀑布下面和对岸加拿大一侧的山谷中，都有三三两两的黄衣人在行走。什么虾兵蟹将？我们问。原来可以通过隧道下去，到瀑布近身处观看。在美国这一边的叫“风洞”，我们兴致勃勃地去了。穿上雨衣雨靴，也都成了虾兵蟹将。乘电梯从岩石中下去，走过隧道，到得洞口，洞外有栈桥，位置在美国瀑布和“新娘面纱”之间。水声轰鸣，比在船上时更强十倍！我们不管浪花飞舞，循栈桥向大瀑布走去，真走到它身旁了！离水流只有二十五英尺！这时仰面上看，急流自天而降，仿佛就浇在自己头上！厚重的水在脸面前奔腾着，厚重得像浮雕，却是奔跑着的活的浮雕。风挟着水蒙头盖脸而来，风和水都是硬的。这里不是水花水汽，简直是置身波涛中了。这奇异的站立着的波涛啊！“我们算是到过瀑布里面了。”一个西班牙人说。

啊！崩落了还在奔跑的雪原！要把我们带到哪里去呢？我伸出手，想和瀑布巨人握一握，他却置之不理。又是一阵水浪浇来。“快走，请快走。”管理栈桥的人说，他的声音在雷鸣般的轰响中消失了。

我又伸出手来，抓住一捧水。水从指缝间漏出了，尼亚加拉大瀑布的雄姿却永不会从我的记忆里筛去。我会永远记住你的伟大精神，你的磅礴气势，你的力量，你的速度！我会永远记住你那如同崩落的雪原般的流水。

下午到山羊岛和附近的三姐妹小岛。在山羊岛北端，可见烟波浩渺的湖面，水鸥点点。岸边树木还绿着，已带些初秋的萧瑟了。它们静静地站着观看水波流去。辉煌的激昂慷慨的乐章结束了，这里是一段慢板，徐缓悠扬。湖水从山羊岛分开，流过各种形状的石头，水清见底，从容不迫。到三姐妹岛时水面很宽，却越流越急。下面便是马掌瀑布了。绿浪时起，汹涌的水波似乎比我们站的地方还高，它们准备着，准备加入到奔落的雪原中去。

据说从加拿大一侧看尼亚加拉大瀑布更为壮观，我想不去也好。生活中美好的事物是没有穷尽的，叹为观止的景色还没有止。留着，让人向往，让人期待，让人悬念。

1984 年

三峡散记

我所见的三峡，从中峡巫峡始。

船从汉口开。那一天天色灰蒙蒙的，水色也灰蒙蒙的。在一片灰蒙蒙之间，长江大桥平静稳重地跨在龟蛇二山上，古色古香的黄鹤楼和现代化的二十层的晴川饭店遥相对峙。水面上忽然闪出一道亮光，摇着、跳着，往船头方向漾开去，一直到大桥那一边。原来云层里透出小半个灰白的太阳来。

船开了，追着水面跳荡的远去的阳光开行了。

大桥看不见了。两岸房屋越来越少，江面越来越宽，有一道绿边围着。极目前方，出口很窄，水天相接，长江从窄窄的天上流过来。等船驶近，原来也是十分宽阔。窄窄的水天相接的出口又移到远处了，于是又向前去穿过那窄的出口。

船行的次日中午过沙市，停四五小时又起锚。直到黄昏，还是原野平阔，江流浩荡，暮色中更显得浑重。我想不出三峡是怎样开始的，便去问过来人。据说山势逐渐高起，过了宜昌才见分晓。日程表上写明第三日七时左右到下峡西陵峡，尽可放心休息。

半夜两点多钟，一阵喧闹的人声、哨声和拖铁链的声音把我惊醒。从窗中看出去，只见一堵铁壁挡在眼前，几乎伸手便可摸到。“到葛洲坝了!”我猛省，连忙起身出房。只见甲板上灯火辉煌，我们的船在船闸里。上下四层的船不及闸墙三分之一高，抬头觉得闸顶很远，那一块黑漆漆的天空更远。人们从船头走到船尾，又从船尾走到船头，互相招呼：“要放水了!”“要开闸了!”据说闸门每扇有两个篮球场大。等到船闸停满了船只，便开始放水。眼看着我们的船向上浮升，一会儿工夫，已不用仰望闸顶，只消平视了。紧接着闸门缓缓打开，“扬子江”号破浪前行，黑夜间，觉得风声水声灌满两耳。站在船尾看时，璀璨的葛洲坝灯火渐渐远去，终于消失在黑暗里。我心中充满了对人——我的同类的无限敬仰之情。只因有了人，万物之灵长的人，万物本身，包括这日夜奔腾不息的长江，才有各自的意义。

我自己却是愚蠢之物，过分相信日程表，以为离七点钟尚早，便又回房。等我再出来时，两岸有丘陵起伏，满心以为要到三峡了，不想伙伴们说："西陵峡已经过了！屈原和昭君故里都过了！"

我好懊恼。"百里西陵一梦中。"我说。

可是没有时间懊恼或推敲诗句。船左舷很快出现一座山城，古旧的房屋依山势而建，层层叠叠，背倚高山，下临江水，颇觉神秘。这是寇莱公初登仕途，做县令的地方。大江东流，沿岸哺育了多少俊杰人物，有名的和无名的，使人在山水草木城郭之间总有许多联想。不只是地理的，而且是历史的，这是中国风景的特色。

天还是灰蒙蒙的，雨点儿在空中乱飞，据说这是标准的巫峡天气。我们在云雾弥漫中向前行驶，忽然面前出现两座奇峰，布满树木，呈墨绿色。江水从两山间流来，两山后还有山，颜色淡得多，披云着雾。江水在这山前弯过去了，真不知里面有多深多远！这就是巫峡东口了，只觉得一派仙气笼罩着山和水。人们都很兴奋，山水却显得无比的沉静，像一幅无言的画，等待人走进去。

船进入巫峡，江流顿时窄了许多。两岸峭壁如同刀削，插在水里。浑浊泥黄的江水形成了一个个小旋涡，从船两边退去，分不清究竟向哪个方向流。面前秀丽的山峰截断了江流，到山前才知道可以绕过去。绕过去又是劈开的两座结构奇特的山峰，峰后云遮雾掩，一座座峰颜色越来越淡，像是墨在纸上渗了开来。大家惊异慨叹，不顾风雨，倚在栏边，眼睛都不敢眨一眨。我望着从船旁退去的葱葱郁郁的高山，真想伸手摸一摸。这山似乎并不比船闸远多少。

据说神女峰常为云雾遮蔽，轻易不肯露面，人们从上船起便关心是否有缘得见。抬头仰望，只觉得巉岩绝壁压顶而来，令人赞叹之间不免惶悚。一个个各种名目的峡过去了，奇极了，也美极了。冷风挟着雨滴和山水一起迎接我们的船。“快看，快看！”大家互相指着叫着。“看到了！看到了！”看到的舒一口气，没看到的懊丧地继续抻长脖子。

我看到了。我早就知道神女会见我的。那山峰本来就峻峭秀奇，在云雾中似乎有飞腾之势。就在峰顶侧，站着一个窈窕女子，衣袂飘飘，凝视远望。怎能相信她是块石头！再一想，她本是块石头，多亏了人，才化为仙女，得万人瞻仰；才有她的事迹，得千古流传。薄薄的淡灰色的云纱缠绕着仙女和峰顶，云和山一起移动，人们回头看，再回头看，看不见了。

快到巫山时，一只货船自上游疾驶而下，船上人大声喊着，听起来像歌一样萦绕在峡谷中。临近时才听清他喊的是：“道谢了！道谢了！”原来是大船为免小船颠簸，放慢了速度。

“道谢了！道谢了！”喊声随着船远去了。忽然想起

《水经注》上对巫峡的总结："巴东三峡巫峡长，猿鸣三声泪沾裳。"现在没有猿啼了，却有人的喊声在峡谷中撞击，充满了和自然搏斗的欢乐。

过了巫山县，驶过黛溪宽谷，便是上峡瞿塘峡。上峡只有八公里，仍是高山重嶂断岸千尺，很是雄浑壮伟，只不如中峡灵秀。出夔门时，据说滟滪堆就在脚下，还有传说为八阵图的礁石也炸掉了。人，当然是要胜过石头的。

五月四日上午到重庆。距一九四六年过此地，已是三十九年了。当时全家六人，如今只余其半。得诗一首志此："四十年前忆旧游，曾怀夙约在渝州。雾浓山转疑无路，月冷波回知有秋。似纸人情薄不卷，如云往事散难收。恸哭几度服缟素，销尽心香看白头。"

这里不仅是物是人非，物也大大变迁了。夜晚在码头候船，江中也有万家灯火，大小船只密密麻麻，好一派热闹气象。这晚皓月当空，距上次见此山城月，已近五百回圆了。

五日从重庆返回，顺江而下。次日上午到奉节停泊，由一小汽船带一条座船，载我们到上峡中风箱峡看纤道。小船行驶在长江里，两岸的山显得格外高，直插入云，水中旋涡急转，深不可测。船行近一座峭壁，只见山侧有一道凹进去的沟，那就是从前的纤道了。《水经注》载，过三峡下水五日，上水百日，可见其难。五十年代初上水还需半个月，也是人力为主。登石阶数百，我们站在纤道上，头顶山崖几乎不能直立。想当初拉纤人便是这样弯着身子逆水拖船的。此时我们没有了船的支撑，山势更显雄伟，脚下急流滚滚，真觉得个人不过渺沧海一粟。从峡口望进去，可以看到六层山色，最近的是黄，然后是深绿、绿、蓝灰、灰和在江尽处天下边的灰白，灰白后似乎还有什么，每个人可以自己在想象里补充。

我忽然想跳进江去，当然没有实行。其实真有机会一亲长江流水时，是绝不肯的。

回去时，小船正驶在江心，上游飞快地下来了一只货船。船上人高声喊着，还是唱歌一样。忽然一声巨响，小船猛地歪了一下，许多人跌倒了，有的人头上碰出血来。两边船上都惊呼，又有人喊话，寂静的江心一时好不热闹。原来那货船把小汽船和我们的座船之间的缆绳撞断了。那货船仍在喊话，顺着急流转眼就不见了，下水船是停不住的。我们的座船在江心滴溜溜乱转，我正奇怪它到底要往哪边行驶，忽然发现它不能开，只能随旋转的水而旋转，不免心向下一沉。幸亏小汽船及时抛过缆绳，很快调整好了，平安驶回“扬子江”号。回船后大家都有些后怕，座船上没有任何工具，若冲下去，只有撞在礁石上粉身碎骨了。想来江流吞没的英雄好汉，不在少数。

而吞没的尽管吞没了，几千万年如水流去。人渐渐了解了江河，然而究竟又了解多少呢？

船在奉节停泊了一夜，七日晨又进了三峡。水急船速，中午时分已到了下峡。我因上水时错过了，便一直守在船栏边。一般的说法是上峡雄，中峡秀，下峡险。近年来下峡的巨石险滩多已除去，并无特别险阻之处了。眼前是叠峦秀峰，可以引出各种想象。不可仰视的断岸绝壁上有着斑斓的花纹，有的如波浪，有的如山峦，有的如大幅抽象派的画。繁复的线条和颜色，气势逼人，不可名状。这可以说是西陵峡的特色吧，但是我想不出一个准确的字来概括。大幅绝壁上面是葱葱郁郁的山巅，据说山巅上平野肥沃，别有天地。山水奇妙，真不可思议。

船过秭归、香溪，是屈原、昭君故里。滚滚长江，每一段都有中华民族可歌可泣的历史遗迹，以“扬子江”号的速度，怀古都来不及。而我们的绝才绝色都出于此，也是天地灵秀之所钟了。香溪水斜插入江，颜色与江水截然不同。一青一黄，分明得很。世事滔滔，总有人是在“独醒”的。其实，对于“世事洞明皆学问，人情练达即文章”这两句话，我倒是很佩服。

船驶出西陵峡口，顿觉天地一宽。见峡口两峰并不很高大，这是因葛洲坝使水位提高了。峡口山上有亭台，众人如蚁行其上，显然是一公园。远见大堤拦截，各种横杆竖线，我们又回到了红尘。

峡口两山老实地站在江中，船仍随水东流。我和我的记忆，也随船漂远了。

1985年5月下旬

我爱燕园

我爱燕园。

考究起来，我不是北大或燕京的学生，也从未在北大任教或兼个什么差事。我只是一名居民，在这里有了三十五年居住资历的居民。时光流逝，如水如烟，很少成绩，却留得一点刻骨铭心之情：我爱燕园。

我爱燕园的颜色。五十年代，春天从粉红的桃花开始。看见那单薄的小花瓣在乍暖还寒的冷风中轻轻颤动，便总为强加于它轻薄之名而不平，它其实是仅次于梅的先行者。还没有来得及为它翻案，不要说花，连树都难逃斧钺之灾，砍掉了。于是便总由金黄的连翘迎来春天。因它可以入药，在校医院周围保住了一片。紧接着是榆叶梅热闹地上场，花团锦簇，令人振奋。白丁香、紫丁香，幽远的甜香和着朦胧的月色，似乎把春天送到了每个人心底。

绿草间随意涂抹的二月兰，是值得大书特书的。那是野生的花，浅紫掺着乳白，仿佛有一层亮光从花中漾出，随着轻拂的微风起伏跳动，充满了新鲜，充满了活力，充满了生机。简直让人不忍走开。紫色经过各种变迁，最后便是藤萝。藤萝的紫色较凝重，也有淡淡的光，在绿叶间缓缓流泻。这时便不免惊悟，春天已老。

夏日的主色是绿，深深浅浅浓浓淡淡的绿。从城里奔走一天回来，一进校门，绿色满眼，猛然一凉，便把烦恼都抛在校门外了。绿色好像是底子，可以融化一切的底子，那文眼则是红荷。夏日荷塘是我招待友人的保留节目。鸣鹤园原有大片荷花，红白相间，清香远播。后来，寻不到了。现在勺园附近、朗润园桥边都有红荷，最好的是镜春园内的一池，隐藏在小山之后，幽径曲折，豁然得见。红荷的红不同于桃、杏，鲜艳中显出端庄，就像白玉兰于素静中显出华贵一样。我曾不解为什么佛的宝座作莲花状，再一思忖，无论从外貌或品德比较，没有比莲花更适合的了。

秋天的色彩令人感到充实和丰富。木槿的花有紫有白，紫薇的花有紫有红，美人蕉有各种颜色，玉簪花则是玉洁冰清，一片纯白。而最得秋意的是树叶的变化。临湖轩下池塘北侧一排高大的银杏树，秋来成为一面金色高墙，满地落叶也是金灿灿的，踩上去不由生出无限遐想。池塘西侧一片灌木不知名字，一个叶柄上对称地生着秀长的叶子，着雨后红得格外鲜亮。前年我为它写了一篇小文《秋韵》，去年再去观赏时，却见树丛东倒西歪，让人踩出一条路。若再成红霞一片，还不知要多少年！我在倒下的枝叶旁徘徊良久，恨不能起死回生！“文化大革命”中滋长的破坏习性，什么时候才能改变?!

一望皆白的雪景当然好看，但这几年很少下雪。冬天的颜色常常是灰蒙蒙的，很模糊。晴时站在未名湖边四顾，天空高处很蓝，愈往边上愈淡，亮亮地发白，枯树枝丫、房屋轮廓显出各种姿态，像是一幅没有着色只有线条的钢笔画。

我爱燕园的线条。湖光塔影，常在从燕园离去的人的梦中。映在天空的塔身自不必说，投在水中的塔影，轮廓弯曲了，摇曳着，而线条还是那么美！湖心岛旁的白石舫，两头微微翘起，有一点弧度，显得既圆润又利落。据说几座仿古建筑的檐角，就是因为缺少了弧度，而成凡品。湖西侧小山上的钟亭，亭有亭的线条，钟有钟的线条，钟身上铸了十八条龙和八卦。那几条长短不同的横线做出的排列组合，几千年来研究不透。

我爱燕园的气氛，那是人的活动造成的。每年秋天，新学年开始，园中添了许多稚气的脸庞。“老师，六院在哪里？”“老师，一教怎样走？”他们问得专心，像是在问人生的道路。每年夏天，学年结束，道听途说则是：“你分在哪里？”“你哪天走？”布告牌上出现了转让车票、出让旧物的字条。毕业生要到社会上去了，不知他们四年里对原来糊涂的事明白了多少，也不知今后会有怎样的遭遇。我只觉得这一切和四季一样分明，这是人生的节奏。

有时晚上在外面走——应该说，这种机会越来越少了——看见图书馆灯火通明，像一条夜航的大船，总是很兴奋。那凝聚着教师与学生心血的智慧之光，照亮着黑暗。这时我便知道，糊涂会变成明白。

三角地没有灯，却是小小的信息中心，前两年曾特别热闹，几乎天天有学术报告，各种讲座，各种意见，显示出每个人都用自己的头脑在思索，一片绚烂胜过自然间的万紫千红。这才是燕园本色！去年上半年骤然冷落，只剩些舞会通知、电影广告和遗失启事，虽然有些遗失启事很幽默，却总感到茫然凄然。近来又恢复些生气。我很少参加活动，看看布告，也是好的。

我爱燕园中属于我自己的记忆。我扫过自家门前雪，和满地扔瓜子壳儿的男士女士们争吵过。我为奉老抚幼，在衰草凄迷的园中奔走过。我记得室内冷如冰窖的寒冬，也记得新一代水暖工送来温暖的微笑。我那操劳一生的母亲怀着无限不安和惦念在校医院病逝，没有足够的人抬她下楼。当天，她所钟爱的狮子猫被人用鸟枪打死，留下一只尚未满月的小猫。这小猫如今已是十一岁，步入老年行列了。这些记忆，无论是美好的还是痛苦的，都同样珍贵。因为那属于我自己。

我爱燕园。

1988年1月18日

燕园石寻

从燕园离去的人，可记得那些石头？

初看燕园景色，只见湖光塔影，秀树繁花，不会注意到石头。回想燕园风光，就会发现，无论水面山基，或是桥边草中，到处离不开石头。

燕园多水，堤岸都用大块石头依其自然形态堆砌而成。走进有点古迹意味的西校门，往右一转，可见一片荷田，夏日花大如巨碗。荷田周围，都是石头。有的横躺，有的斜倚，有的竖立如小山峰，有的平坦可以休憩。岸边垂柳，水面风荷，连成层叠的绿，涂抹在石的堤岸上。

最大的水面是未名湖，也用石做堤岸。比起原来杂草丛生的土岸，初觉太人工化。但仔细看，便可把石的姿态融进水的边缘，水也增加了意味。西端湖水中有一小块不足以成为岛的土地，用大石与岸相连，连续的石块，像是逗号下的小尾巴。“岛”靠湖面一侧，有一条石雕的鱼，曾见它无数次沉浮。它半张着嘴，有时似在依着水面吐泡儿，有时则高高地昂着头。不知从何时起，它的头不见了，只有向上翘着的尾巴，在测量湖面高低。每一个燕园长大的孩子，都在那石鱼背上坐过，把脚伸在水里，自由自在地幻想未来。等他们长大离开，这小小的鱼岛便成为他们生命中的一个逗号。

不只水边有石，山下也是石。从鱼岛往西，在绿荫中可见隆起的小山，上下都是大石。十几株大树的底座，也用大石围起。路边随时可见气象不一、成为景致的石头，几块石矗立桥边，便成了具有天然意趣的短栏。杂缀着野花的披拂的草中，随意躺卧着大石，那惬意样儿，似乎“嵇康晏眠”也不及它。

这些石块数以千计，它们和山、水、路、桥一起，组成整体的美。燕园中还有些自成一家的石头可以一提。现在要选的七八块都是太湖石，不知入不入得石谱。

办公楼南两条路会合处有一角草地，中间摆着一尊太湖石，不及一人高，宽宽的，是个矮胖子。石上许多纹路孔窍，让人联想到老人多皱纹和黑斑的脸，这似乎很丑。但也奇怪，看着看着，竟在丑中看出美来，那皱纹和黑斑都有一种自然的韵致，可以细细观玩。

北面有小路，达镜春园。两边树木郁郁葱葱，绕过楼房，随着曲径，寻石的人会忽然停住脚步。因为浓绿中站着两块大石，都带着湖水激荡的痕迹。两石相挨，似乎你望着我，我望着你。路的另一边草丛中站着一块稍矮的石，斜身侧望，似在看着那两个伴侣。

再往里走，荷池在望。隔着卷舒开合任天真的碧叶红菡萏，赫然有一尊巨石，顶端有洞。转过池西道路，便见大石全貌。石下连着各种形状的较小的石块，显得格外高大。线条挺秀，洞孔诡秘，层峦叠嶂，都聚石上。还有爬上来的藤蔓，爬上来又静静地垂下，那鲜嫩的绿便滴在池水里、荷叶上。这是诸石中最辉煌的一尊。

不知不觉出镜春园，到了朗润园。说实话，我从来没有弄清两园交界究竟在何处。经过一条小村镇般的街道，到得一座桥边，正对桥身立着一尊石。这石不似一般太湖石玲珑多孔，却是大起大落，上下凸出，中间凹进，可容童子蹲卧，如同虎口大张，在等待什么。放在桥头，似有守卫之意。

再往北走，便是燕园北墙了。又是一块草地上，有假山和太湖石。这尊石有一人多高，从北面看，宛如一只狼犬举着前腿站立，仰首向天，在大声吼叫。若要牵强附会说它是二郎神的哮天犬，未尝不可。

原以为燕园太湖石尽于此了，晨间散步，又发现两块。一块在数学系办公室外草坪上。这是常看见的，却几乎忽略了。它中等个儿，下面似有底座，仔细看，才知还是它自己。石旁一株棣棠，多年与石为伴，以前依偎着石，现在已遮蔽着石了。还有一块在体育馆西，几条道路交叉处的绿地上，三面有较小的石烘托。回想起来，这石似少特色。但既是太湖石，便有太湖石的品质。孔窍中似乎随时会有云雾涌出，给这错综复杂的世界更添几分迷幻。

燕园若是没有这些石头，很难想象会是什么模样。石头在中国艺术中，占有极重要的地位，无论园林、绘画还是文学。有人画石入迷，有人爱石成癖，而《红楼梦》中那位至情公子，原也不过是一块石头。

很想在我的“风庐”庭院中，摆一尊出色的石头。可能因为我写过《三生石》这小说，来访的友人也总在寻找那块石头。还有人说确实见到了。其实有的只是野草丛中的石块。这庭院屡遭破坏，又屡屡经营，现在多的是野草。野草丛中散有石块，是院墙拆了又修，修了又拆，然后又修时剩下的，在绿草中显出石的纹路，看着也很可爱。

1988年7月7日雨中

“热海”游记

自腾冲西南行十余公里，山势渐险，巉岩峭壁，几接青天。盘行在山上的公路，呈接连不断的S形。眼看到了尽头，前面空荡荡的，只垂挂着大幅蓝得无比的天，蓝得无比深透，无比高远，这是无处去找的只有云南才有的蓝天。车子冲上去，似乎要奔那幅天幕去了，可是一回过头，又是坡路，又是一重天，蓝得无比的天。

我们是往那罕有的热泉地带去。热泉中最著名的一处名叫滚锅，可见有多热！越过山梁，车下行了。下行时的天也一样蓝，好像是一个蓝色的大湖，在远处等着我们掉进去。幸好我们没有坠入，总是有山托着，路引着，到了谷底，又往上行。如此下而上，上又下，忽然一股硫磺气味袭来。主人说，快到了。果然这座山谷与众不同，谷中云雾缭绕，烟气氤氲。车子转了几个弯，路旁立一界石，大书“硫磺塘”三字。

硫磺塘村，见《徐霞客游记》。霞客到这里时，适值狂风暴雨，于风雨泥泞中蹒跚于山间小路。其精神是我们今日的游兴无法比拟的。

在谷中下行颇深，以为到底了，转弯还是向下，直到一条河旁。河水很少，过桥上行，山坳间雾气弥漫，硫磺味愈重了。在一座据说是疗养院的房屋前，我们下车循石阶登山。走不多远，便觉得挟有硫磺味的热气，把我们重重包裹住了。

再往上走，赫然有一台在，台上有石栏遮护。“这就是大滚锅。”主人指点说。走上去，脚底都是热的。台上水汽蒸腾，迷茫间见一大池，池面约有十余平方米，池水翻滚，真如坐在旺火上滚开的大锅。站定了细看，见水色清白，一股股水流从池底翻上来，涌起数尺高，发出噗噗的声音，热风扑面，令人竦然。自然神力，真不可测。

这样的水波翻滚不知几千万年了，这池用石砌成八角形则是近几年的事。水与石齐。霞客记载的大池“中洼如釜，水贮于中，止及其半”，看来釜边已削去许多，涌起的水势可能也不如三百年前那样猛烈，然而足可称为壮观了。石沿上刻有八卦，不知为何。台上石缝中不断咕嘟嘟冒出水泡儿，又有小水道通往浴室。同伴把鸡蛋用手帕包住浸在水中，几分钟后便熟了，大家剥来吃。据说有牛掉入池中，很快化为一锅肉汤！只不知有人喝过没有。

台后有数碑，刻有徐霞客对大滚锅的描写。台一侧一碑，有滇人李根源书写的“一泓热海”四字。因为太热，且硫磺气味太浓，无法久立读碑，只好在来回走动间，看上几眼。

从大滚锅往下的山涧中，到处有热水渗出，有的冒泡儿，有的汪着一摊水，有的则成为泉眼模样。一处小泉，从石上流下，两旁岩石呈黄绿色，好像是不规则的琉璃瓦，那是硫磺侵蚀的结果。再往下走，到一河旁，河岸陡峭，幸有栏杆可扶行。沿河道转弯，先闻水声轰隆，忽见一瀑布泻入一池。瀑布不高，但水势很猛，在溅起的水花中，可见水潭一侧有大块颜色鲜明的岩石，好像一张古怪的脸谱，涂有黄、褐、黑、白、绿各种颜色，在这儿看着水的起伏、山的变迁。

“这是蛤蟆嘴。”主人介绍。细看时，巨石颜色果然像癞蛤蟆，尤其是那黄黑色的条纹，似乎涂抹着蛤蟆的黏液。大概曾有什么山精河怪在这里居住过，有一天，它忽然定住了，化作这大石。

可是它还在呼吸。

譬喻作巨大的癞蛤蟆罢了，何以称作蛤蟆嘴呢？便是因它在呼吸。大石下有洞，像是蛤蟆的阔嘴，隔几分钟，嘴中便喷出一股水花。吸——静止，呼——喷水；吸——静止，呼——喷水。这一个间歇泉，使得幽僻的、脚下热乎乎的山谷，更增加了神秘色彩。

这一带山，名为半个山，“皆迸削之余骨，崩坠之剥肤也”。不知地形怎么样变化，整个山落得了半个，热泉才能涌出。有人曾把照相机掉到池里又捞起来，可见池不很深，水也不过热，但那斑驳浓重的色彩，神秘奇特的气氛，使人疑惑山随时会活动变幻，而不敢久留。

还有十数处泉景，我不能一一走到。据霞客记载，除上述二泉最著名外，还有一处“平沙一围，中有孔数百，沸水丛跃，亦如数十人鼓煽于下者”，值得一观。我没看到，但可借风雨作书中游，足以安慰。

1989 年 2 月 20 日

燕园树寻

燕园的树何必寻？无论园中哪个角落，都是满眼装不下的绿。这当然是春夏的时候。到得冬天，松柏之属，仍然绿着，虽不鲜亮，却很沉着。落叶树木剩了杈丫枝条，各种姿态，也是看不尽的。

先从自家院里说起。院中的三棵古松，是“三松堂”命名的由来，也因“三松堂”而为人所知了。世界各地来的学者常爱观赏一番，然后在树下留影。三松中的两株十分高大，超过屋顶，一株是挺直的；一株在高处折弯，作九十度角，像个很大的伞柄。撒开来的松枝如同两把别致的大伞，遮住了四分之一的院子。第三株大概种类不同，长不高，在花墙边斜斜地伸出枝干，很像黄山的迎客松。地锦的条蔓从花墙上爬过来，挂在它身上，秋来时，好像挂着几条红缎带。两只白猫喜欢抓弄摇曳的叶子，在松树周围跑来跑去，有时一下子蹿上树顶，坐定了，低头认真地观察世界。

若从下面抬头看，天空是一块图案，被松枝划分为小块的美丽的图案，由于松的接引，好像离地近多了。常有人说，在这里做气功最好了，可以和松树换气，益寿延年。我相信这话，可总未开始。后园有一株老槐树，比松树还要高大，“文革”中成为尺蠖寄居之所。它们结成很大的网，拦住人们去路，勉强走过，便赢得十几条绿莹莹的小生物在鬓发间、衣领里。最可恶的是它们侵略成性，从窗隙爬进屋里，不时吓人一跳。我们求药无门，乃从根本着手，多次申请除去这树，未获批准。后来忍无可忍。密谋要向它下毒手了，幸亏人们忽然从“阶级斗争”的噩梦中醒来，开始注意一点改善自身的生活环境，才使密谋不必付诸实现。打过几次药后，那绿虫便绝迹。我们真有点“解放”的感觉。

老槐树下，如今是一畦月季，还有一圆形木架，爬满了金银花。老槐树让阳光从枝叶间漏下，形成“花荫凉”，保护它的小邻居。因为尺蠖的关系，我对“窝主”心怀不满，不大想它的功绩。甚至不大想它其实也是被侵略和被损害的。不过不管我怎样想，现在一块写明“古树”的小牌钉在树身，更是动它不得了。

院中还有一棵大栾树，枝繁叶茂，恰在我窗前。从窗中望不到树顶。每有大风，树枝晃动起来，真觉天昏地暗，地动山摇，有点像坐在船上。这树开小黄花，春夏之交，有一个大大的黄色的头顶，吸引了不少野蜂。以前还有不少野蜂在树旁筑窝，后来都知趣地避开了。夏天的树，挂满浅绿色的小灯笼，是花变的。以后就变黄了，坠落了。满院子除了落叶还有小灯笼，扫不胜扫。专司打扫院子的老头曾形容说，这树真霸道。后来他下世了，几个接班人也跟着去了，后继无人，只好由它霸道去。看来人是熬不过树的。

出得自家院门，树木不可胜数，可说的也很多，只能略拣几棵了。临湖轩前面的两株白皮松，是很壮观的。它们有石砌的底座，显得格外尊贵。树身挺直，树皮呈灰白色。北边的一株在根处便分杈，两条树干相并相依，似可谓之连理。南边的一株树身粗壮，在高处分杈。两树的枝叶都比较收拢，树顶不太大，好像三位高大而瘦削的老人，因为饱经沧桑，只有沉默。

俄文楼前有一株元宝枫，北面小山下有几树黄栌，是涂抹秋色的能手。燕园中枫树很多，数这一株最大，两人才可以合抱。它和黄栌一年一度焕彩蒸霞，使这一带的秋意如醇酒，如一曲辉煌的钢琴协奏曲。

若讲到一个种类的树，不是一株树，杨柳值得一提。杨柳极为普通，因为太普通了，人们反而忽略了它的特色。未名湖畔和几个荷塘边遍植杨柳，我乃朝夕得见。见它们在春寒料峭时发出嫩黄的枝条，直到立冬以后还拂动着；见它们伴着娇黄的迎春、火红的榆叶梅度过春天的热烈，由着夏日的知了在枝头喧闹。然后又陪衬着秋天的绚丽，直到一切扮演完毕。不管湖水是丰满还是低落，是清明还是糊涂，柳枝总在水面低回宛转，依依不舍。“杨柳岸，晓风残月”，岸上有柳，才显出风和月，若是光光的土地，成何光景？它们常集体作为陪衬，实在是忠于职守，不想出风头的好树。

银杏不是这样易活多见的树，燕园中却不少，真可成为一景。若仿什么十景八景的编排，可称为“银杏流光”。西门内一株最大，总有百年以上的寿数，有木栏围护。一年中它最得意时，那满树略带银光的黄，成为夺目的景象。我有时会想起霍桑小说中那棵光华灿烂的毒树，也许因为它们都是那样独特。其实银杏树是满身的正气，果实有微毒，可以食用。常见一些不很老的老太太，提着小筐去“捡白果”。

银杏树分雌雄。草地上对称处原有另一株，大概是它的配偶。这配偶命不好，几次被移走，有心人又几次补种。到现在还是垂髫少女，大概是看不上那老树的。一院院中，有两大株，分列甬道两旁，倒是原配。它们比二层楼还高，枝叶罩满小院。若在楼上，金叶银枝，伸手可取。我常想摸一摸那枝叶，但我从未上过这院中的楼，想来这辈子也不会上去了。

它们的集体更是大观了。临湖轩下小湖旁，七棵巨人似的大树站成一排，挡住了一面山。我曾不止一次写过那金黄的大屏风。这两年，它们的叶子不够繁茂，已经不像从前那样有气势了。树下原有许多不知名的小红树，和大片的黄连在一起，真是如火如荼，现在莫名其妙地消失了，大概给砍掉了。这一排银杏树，一定为失去了朋友而伤心吧。

砍去的树很多，最让人舍不得的是办公楼前的两大棵西府海棠，比颐和园乐寿堂前的还大，盛开时简直能把一园的春色都集中在这里。“文革”中不知它触犯了哪一位，顿遭斧钺之灾。至今有的老先生说起时，仍带着眼泪。可作为“老年花似雾中看”的新解吧。

还有些树被移走了，去点缀新盖的楼堂馆所。砍去的和移走的是寻不到了，但总有新的在生在长，谁也挡不住。

新的银杏便有许多。一出我家后角门，可见南边通往学生区的路。路很直，两边年轻的银杏树也很直，年复一年地由绿而黄。不知有多少年轻人走过这路，迎着新芽，踩着落叶，来了又走了，走远了——

而树还在这里生长。

1990年2月15日—4月15日

孟庄小记

神在哪里

一九九二年十月二十二日至十一月二日，在杭州北高峰下灵隐寺的孟庄小住。孟庄在一片茶园之中，每天清晨，一行行茶树吸了一夜的露水，微微发亮，格外精神，手一碰湿漉漉的。茶花有铜板大，颜色陈旧，貌不惊人。还有小小的茶果，据说毫无用处，只有割去。别的植物以花胜以果胜，唯独茶以叶胜。大概力量都聚在叶里，别的便不顾了。

随着清晨一起来的，是灵隐寺的喧嚣。很难想象沸腾人声来自清净佛地。及至身临其境，才知那“市声”与“市场”是符合的。

刚到“咫尺西天”的大影壁前，便有十多个妇女围上来。“买香哦？买香哦？”一面把香递到面前。一路走过去，便是一场推销与抗购的斗争。除了香，还有小佛像、小玻璃坠儿等买来只有扔掉的东西。熙攘间已过了理公塔、冷泉亭。飞来峰还是那样，只是壁间小路和每一凹处都站满了人，也就无法玲珑剔透了。

以前几次来，大家都忙于阶级斗争，自然无心于山水。现在想上哪儿就上哪儿，至少国内没有限制，自然会热闹。这热闹使人感觉生活别有一重天地，到底是自由多了。

临近寺门，先见香烟缭绕。曾听说现在寺庙香火很盛，亲眼见了，还是不免惊异。寺门前摆着长方形的烛台，约有两米长，数十枚红烛在燃烧。一人多高的大香炉，成把成把地烧着香。人们在香烛前跪拜，一行人跪下去，后面有人等着。他们有老有少，有男有女，有智有愚，有丑有俊，必定或有排解不开的苦恼，或有各种需求，觉得人的力量不够，要求诸冥冥中的力量。求一求，拜一拜，精神的负担分出去一点，在想象中抓住点什么，也是好事。

到大雄宝殿，见众人都在殿外礼拜。一青年女子交给僧人一纸“伍拾圆”，获准到佛前香案下跪求。她祈祷良久，转过身来，面带笑容。也许灾难还未退，但至少她安心了。

前些年，一个朋友悄悄地告诉我，她不是任何教的信徒，可是她每晚必祷告，把一天的烦恼事理一理，一股脑儿交给上帝，然后安稳入睡。这话现在不用悄悄说了。那袅袅香烟，在青天白日之下，凝聚着多少祈求和盼望。据说也有人是专门还愿来的，原来求的事已经满意如愿，特来感谢。说起来，我佛如来、观世音菩萨、耶稣基督、圣母玛利亚都是大大的好人，是芸芸众生的好朋友。

在罗汉堂边山石上坐着休息，仲忽然拉我起身。走开数步后才说，那石旁有一条蛇，正在游动，一面说一面拾起石子要打。我忙制止说，也许是白娘子来随喜呢，再不济也是佛寺里的生灵，不可冒犯。

忽然想起在澳洲访问时，一家公寓下的花丛中住着一条蛇，人们叫它乔治。蛇寿不知几年，这乔治想也不在了。

乘缆车登上北高峰，远望尘雾茫茫，不见人寰。一对青年夫妇带一小孩，对着一面墙跪拜。不由得好奇，上前打听拜的什么，他们不情愿地回答，拜的财神菩萨。

财神菩萨，当然也是人的好朋友。

下山都是石阶，我居然走下来了，满山青松翠竹，清气沁人。不多时到韬光庵。庵依山势而建，楼台错落有致，很不一般。院中有泉，水上有许多落叶，游人用长柄勺推开落叶，舀水来喝。我们在泉侧亭里小坐，见一妇人三步一躬走上来，舀水装入自备的瓶中，又三步一躬向上面的正殿走去。她一定是为亲人祈求平安的。这泉水是矿泉水，又有神灵保佑，传说能疗疾消灾。

我身上的病根儿少说也有好几种，我可不想试一试。听说正殿供奉的是何仙姑，倒想一睹风采。怎奈上去还有百余阶，只好知难而退。真是今非昔比了，若在从前，无论什么角落，总要走过去看一看的。

一阵风来，泉边树上的叶子纷纷飘离枝头，旋转着落向水面。是秋天了。

我们继续下山，依山涧而行。涧中过去大概是泉水淙淙，现在水很少，几近干涸。坡上植物很多，一片苍老的绿，往下伸延开去。涧边有大石，有些人坐着休息。一路走过去，好几个人问："还有多远?"这是上山人常问的话。

快到灵隐寺了。涧边有用毛竹随意搭成的栏杆。毛竹茶杯口粗细，原以为引水用，走近看时，见竹上插了许多点燃的香，成为很长的竹香炉。香烟向四面飘散，渗入山林涧壑。

这不知供奉的什么神。是山、树的精灵？还是水、石的魂魄？我忽然大为实际起来，很怕香火烧着什么，又明知管不了许多，只好带着担心离开这一片清幽，走进了沸腾的佛地。

西湖别来无恙

西湖秀色，不只在一湖，还在周围的许多景致。我对满觉陇的桂花向往已久，这次秋天来南方，以为或可一见，哪知紧赶慢赶，还是没有赶上。然而没有花，满觉陇也是要去的。

满觉陇者，原来是一条路名。路两旁大片桂林，一眼望不到边。徘徊树下，似有余香，至于小花密缀枝头的景象，就要努力想象了。几乎每年秋天，我都计划到颐和园看那两行桶栽的桂树，计划十之有九落空，所以对桂花其实很不了解。印象最深的是它那浓郁而幽远的香气，所以一见桂林，先觉其味，似乎这芳香也浸透了一些咏桂的文字。

循路来到石屋洞。洞在山脚，奇径穿透，上下颇出意外。院中有小舍，售桂花栗子藕粉。于大桂树下食之，似有一种无香之香浸透全身，十分舒畅，藕粉滋味，倒不及细辨了。

去过了无桂花的满觉陇，又去无梅花的罗浮山。据说罗浮山所种乃夏梅，是一种珍奇植物。我于梅花见得更少，简直无从想象。然而百亩罗浮山风景清幽，楼台亭榭十分雅致，已令人不忍遽去。建筑名字都和月亮有关，如伴月楼、掬月亭等。想必这里是赏月的好所在。若是月下有梅，梅前有酒，更是何异神仙！一个小院落里有一石碑，大书“天缘”二字。两字发人深省，这能赏景物之极致的天缘，不知能有几人得到。我就既未见梅，也未见桂，春来九溪十八涧开得漫山遍谷的杜鹃花，也只能在《志摩日记》中观赏了。

然而西湖的正气和才情是四时不变的。这次见张苍水墓，那“友于师岳”的精神令人肃然起敬。苏堤尽头的苏东坡纪念馆，陈列物虽不多，却系住了游人的仰慕。

还有一个风情万种的西湖，阴晴雨雪都不会令人失望。几次来杭泛舟湖上，次次觉有新意。这次在三潭印月，见游人摩肩接踵，甚无意趣。匆匆走过，下得船来，脚下是碧沉沉的水，头上是蓝湛湛的天，微云一抹，远山如黛，天地忽然一宽。“西湖原来很大。”我说。

听着船边轻柔的水声，想西湖和昆明湖有许多相似之处。前者有孤山，后者有万寿山；孤山上有石亭，万寿山上有铜亭。本来修建颐和园便是以江南景色为样本的，十七孔桥大概也受到三潭印月孔中见月的启发吧。

秋日的阳光还有些灼人，照在水面上，只见一排排光波从桨的左右流过去，然后落进了湖底。到阮公墩转了一圈，那是经徐志摩品定为精品的，这次发现它扎彩楼、建戏台，传染上了许多景点的流行病，成了个扭扭捏捏的假古董，心里却也无甚感伤。

还是在碧波上滑行，逍遥了一阵子。天色渐晚，湖面起了风，船身有些摇摆。水波高高低低，一个接一个，似乎是从水底翻涌起来，不仅是水面的活动。“西湖原来很深。”我又说。

阳光渐渐集中到西边，成为绚丽的晚霞。晚霞映进水面，又透出水波，好像无数层锦缎在抖动。渐渐地，暮色从远处围拢来，推着我们到了岸边。

坐在岸边的石椅上，望着天，望着水，轻轻说了一声："西湖别来无恙！"

三生石在这里

因为很喜欢三生石这美丽的传说，曾把它写进一篇小说，并以之为篇名，却没有想到，世上真有这块大石头。

我们先是从导游书《灵隐轶话》中看到，便去寻找。问了好几个人，都说没听说过。后来问到一位老者，得他指点，才走上正确的寻石之路。

从下天竺进灵隐边门，就是飞来峰东侧。从山脚到山顶，树木森然，不见游人，只有守门人在大声说话，和西侧的喧嚣大是不同。我们循石阶上山，轻风拂过，树叶沙沙作响。转两个弯，见有人在地上捡毛栗子。问三生石在何处，答道茶地边上就是。

再往上走不远，果然见一片茶地。山坡上翠竹千竿，山坳尽处突出一块大石。我们快步走近，心上一分是惊，二分是喜，似是猛然间见到了故人。

这石约有三人高，横有七八尺，轮廓粗犷，显得端凝厚重，不是玲珑剔透一流。石色灰白与黝黑杂陈，孔隙里生有小植物，有的横生，有的下垂，成为大石的好装饰。向茶地的一面赫然写着一篇文字，题目是“唐圆泽和尚三生石迹”，记载了圆泽和士人李源转世不昧的友谊，是嘉兴金庭芬于一九一三年所刻。据说圆泽和尚圆寂前，和李源相约，十三年后在此石边相会。李源如约前来，见一牧童骑在牛背上，歌诗道：“三生石上旧精魂，赏月吟风不须论。惭愧故人远相访，此身虽异性常存。”诗意颇悠远，不知何人所作。石上所刻以及《辞海》所载，与我所记有个别字不同。

我们从边上转过去，才看清这大石其实是三块相连。当中一块背面写着“三生石”三个大字，笔锋纤细，和大石以及大石般的友谊殊不相称。然而总算有这石头附会这传说，让把假事当真的痴子们可以煞有介事地寻上一番，感慨一番。这石头又正好三块相连，以副三生之数，实在难得。

从古到今，生死和爱情是艺术的永恒主题，其实友谊也是歌咏不尽的。读《中国哲学史新编》第六册，得见谭嗣同对朋友的解释，他以为，五伦中“于人生最无弊而有益”的，就是朋友。他认为朋友的关系能“不失自主之权”，“一曰平等，二曰自由，三曰节宣惟意”。我想，就广义的朋友而言确是如此，最深层的朋友关系则贵在知心，也就是精神上的理解。管仲说：“生我者父母，知我者鲍叔。”世间得一知我者，也就不虚此一生了。伯牙碎子期妙解之琴，渐离继荆轲未竟之志，友情的深重高昂，又何逊于罗密欧与朱丽叶呢！

石侧有石阶上山。上山的路，还很长。我们走到三生石上，见三生石一块接着一块，如波浪前涌，到茶地边忽然止住。茶地下面远处有村舍，牧童大概就是从那里来的。坐在石边休息片刻，已经很满意，不想再高攀了。下山出边门时，守门人问："找到了？""找到了。"我们答。访得了三生石，实为这次到杭州的一大收获。

回京后便留心有关三生石的吟咏、故事。《太平广记》记载有李源和武十三郎转世相识之情，似乎是一种断袖之癖，未提到三生石。传说总是在传和说中不断完善的，人们添进自己的企求，剔除自己的厌恶。现在的三生石传说，就寄托着人们对坚贞友谊的向往吧。《全唐诗》载齐己和尚诗，有"自抛南岳三生石，长傍西山数片云"之句，看来那时已有三生石的故事，李源名字可能是后加的。齐己和尚是湖南人，他大概想把三生石安排在南岳。但自然还是在杭州现址好得多。袁宏道有一首三生石诗，描写的似乎就是现在这一块："此石当襟尚可扪，石旁斜插竹千根。清风不改疑圆泽，素质难雕信李源。驱入烟中身是幻，歌从川上语无痕。两言入妙勤修道，竹院云深性自存。"

另一唐僧修睦，有诗咏三生石："圣迹谁会得？每到亦徘徊。一尚不可得，三从何处来！清宵寒露滴，白昼野云隈。应是表灵异，凡情安可猜。"

“一尚不可得，三从何处来！”直如当头棒喝！我连忙放下了一支秃笔，掩过了满纸胡言，只自凝望着天上白云，窗前枯树。

1992年12月至1993年1月

三千里地九霄云

我在记忆之井里挖掘着，想找出半个多世纪以前昆明的图像。在那里，我从小女孩长成大姑娘，经历了我们民族在二十世纪中的头一场灾难，在亡国的边缘上挣扎，奋起。原以为一切都不可磨灭，可是竟有些情景想不起来，提笔要写下昆明的重要景色——白云时，心中只有一个抽象的概念：昆明的云很美。

只有概念，没有形象，这让我觉得可怕，仿佛眼前是个无底的黑洞，把所有的图像都吸进去了。

我记得蓝天，蓝得透明，蓝得无比。我在《东藏记》开头写着："昆明的天，非常非常的蓝。只要有一小块这样的颜色，就会令人惊叹不已了。而天空是无边际的，好像九天之外，也是这样的蓝着。蓝得丰富，蓝得慷慨，蓝得澄澈而光亮，蓝得让人每抬头看一眼，都要惊一下，‘哦！有这样蓝的天！’”

蓝天上有白云，我记得的。可是云在哪里？我必须回昆明去，去寻找那离奇变幻的白云，免得我心中的蓝天空着，免得我整个的记忆留下缺陷。

于是我去了，乘汽车，乘飞机，倒也简单。一路上想，古人为鲈鱼辞官不做，若是现在，可以回乡享受了鱼宴再出来宦游，岂不两全？然而也就没有那弃官爵如敝屣的佳话了。

飞机沿西线飞，经太原、西安、重庆，到昆明坝。它穿过云层，沿着山盘旋，停在四周青山之间。

飞过了两千多里。若是走路，岂止三千里。为了那虚幻的云。

我站在昆明街角上了。头上蓝天似不如记忆中那样澄澈，似调了一点银灰和乳白，这是工业发展的效果。

天公为迎接我，在这一片不算宽阔的蓝天上缀满了白云。

昆明的云，我久违的朋友！我毫不费力地发现我的朋友们的与众不同处，他们也发现了我，立刻邀我进入云的世界。这一朵如山峰，层峦叠嶂，厚薄相接处似有溪流落下。

那一朵如树丛，老干傍着新枝。这一朵如花苞，花瓣似张未张。那一朵如小船，正待扬帆起航。只一会儿工夫，这些图景穿插变幻，汇成一片，近处如积雪，远处如轻纱，伸展着，为远天拦上一层围幔。

忽然落下雨点儿，紧接着就是一阵急雨。人们站在街旁店铺的廊檐下。一个水果担子在我身旁。

“你家可买梨？宝珠梨。尝尝看。”挑担人标准的昆明话使我有余音绕梁之感。那是乡音！宝珠梨在记忆中甜而多汁，是名产。据说现在已经退化了，人们在培养新品种。我摇摇手，用乡音对答：“梨么不要。你家说的话好听呢好听。”挑担人不解地望着我。那是典型的云南人的脸，这张脸在我的记忆之井中激起了许多玲珑的水泡，闪着虹的光亮。

雨停了，挑担人拢好箩筐上的绳索，对我笑笑：“要赶二十里路回家嘛。”他向街的一头，十字路口走去，那里从前是城门。

雨后的天空，又是云的世界。我走几步便抬头，不免东歪西倒，受到“不好好走路”的责备。于是便专心走路，回想着白云下的宝珠梨担子，那陌生又熟悉的脸庞和天上的白云。

几天后，朋友们安排我去石林附近的长湖。五十年前，我曾到过那里。当时的长湖藏匿在茂密树木中，踏过曲折的石径，站到湖边时，会觉得如同打了一针镇静剂，一切烦恼不安都骤然离去，只有眼前的绿和绿意中水波的明亮，把人浸透了。我曾把这小小的湖列于西湖、太湖之上，因为它不是一般的风景，而是一种心灵的映照。

不料这一次我们驱车往路南尾泽乡，所遇震撼全在长湖之外。再没有坎坷不平的泥路，再没有背上放着木架的小马，有的是上上下下都十分平坦的公路，车子驶过，没有一点颠簸。行到高处，忽见前面豁然开朗，大片蓝天之上，有白云的图案，如一幅抽象派的画，不写真，不状物，只是一团团，一块块，一层层，卷着滚着，又在邀人进入云的世界。“昆明的云！”我叫起来，真想跳离了车子，扑到天边去！车行急速，转眼掀过了这一幅图画，眼前是无比真实的土地，鲜红色的土地，红土地！

红土地连着绿林，红土地连着蓝天，红土地连着白云！我亲爱的云南的土地！多少年来，我怎么忽略了这神秘的鲜艳的红色呢！在这红土上生长着宝珠梨，滋养着本地和外来的人，回荡着好听的昆明话；在这红土上伸展着蓝天，变幻着白云。

我们走过一个小村庄。村中房舍想必是用红土烧坯建成，屋顶墙壁一派暗红。村前池水也是红的，两三个系蓝布围腰的妇女在池边洗衣服，洗出来的衣服想必也是红的了。

颜色很绚丽，心里却酸苦。红土是酸性土壤，它的孕育是艰难的。

可是我相信，人人都会有一池清水，这是迟早的事。

尾泽小学已是正式的楼房了。院中植着花木，我住过的土坯房不见了，只是那片操场还在。五十年，该有多少农家孩子从这里得到启蒙的知识，打开了灵魂的窗户。而在操场和我一起学过阿细跳月的人们，还有几个能再来？

车直开到长湖边上，我还一再地问："是这里吗？这是长湖吗？"可见长湖大变样了。似是从一个纯真少女变成了人情练达的成年人。湖水不再掩藏在树木间，而是坦然地抚摸着开朗的湖岸。岸上有草地，有野炊用的泥灶，俨然一个公园。

我们坐在一个小冈上，良久不语。作为公园，这里还是不同一般的。水面澄清，天空开阔，而且是这样的蓝！

记得《西游记》中有堆云童子、布雾郎君这样的角色，常被孙大圣传唤。布雾郎君且不说，这堆云童子无疑是个艺术家。蓝天上的云朵洒得疏密有致。渐渐地，小朵汇成大朵，如堆绵，如积雪。一会儿，绵和雪变化成一群白羊，一只大狗——狗是在牧羊吗？远山上出现了一个大玩偶，一只大袖子，有很长很弯的鼻子，似要到湖里吸水，那狗蹄子正踩在玩偶头上。玩偶不必发愁，狗蹄子很快移开了，愈来愈淡，狗消失了，只剩下群羊。想不到在无意间，得观白衣苍狗，更领悟子美"天上浮云如白衣，斯须改变如苍狗"

之叹。

云还在变幻。一座七宝楼台搭起来了，又坍塌了。围湖的山和天相接处，一朵朵云如同很大的氢气球，正在欲升未升。不久化作大片纱幔，似是从山顶生出来的，把天和地连接在一起。而天是蓝的，地是红的，白云前还点缀着绿树。

归途中，一轮丽日当空。快到昆明了，忽然，年轻的朋友叫道："快看！彩云！"

哦！彩云！就在太阳的右下方，一朵椭圆形的彩云！刚看见时是玫瑰红，一会儿变作金色，一会儿又变作很浅的藕荷色。太亮了，我们不得不闭上眼睛。再看时，可能我的不正常的视力做了加工，只见彩云后面透出彩色的光，许多亮点儿成串地从云朵上流下，更让人不能逼视。

"不能看得太久，"我们说，"会折损了福气。"

太阳随着车子向前而后退，那彩云却面对面地向我们头顶飘来，随即消失。

云南这个名称，据说始于汉代，因彩云出现而得此名。有谁真正看到过彩云？如今有我。

昆明的云！美丽的云！在我的记忆之井中注满了活水。

"三千里地九霄云"。我拟下了一个作文题目。

1994年10月26日距目击彩云已两月矣

二十四番花信

柳枝正绿着，衬托着万紫千红。这丝丝垂柳，是会织出大好春光的。

一年四季

一转眼，在这校园里，住了将近一年了。先是雪如花，再是花如雪。紧接着绿荫遮住了夏天，一进校门，就觉得猛然一阵凉意，因为树多，火热仿佛挤不进来。然后不知不觉，鲜红的、金黄的各样树叶的颜色涂了满园。仍然是不知不觉，叶子一片片落尽了，秋天的艳丽消失了。隆冬带着北风，呼啸着，旋转着，又来到这里。

时间的流逝，在学校里表现得最鲜明的倒不是景物的变化，而是知识的积累，新人的成长。那些年轻人，是怎样地紧紧抓住时间，怎样地刻苦学习啊！看见他们，总有一种可以十分信任的感觉。一年来，我几乎是每个清晨，都到湖边去散步。在路上，常常看见许多学生，背着大书包，捧着一本书，大声念着外文，满脸专注的神色，大张着嘴，好像要把书一口吞下去似的。在几个教学楼中间的菜地里，总是有许多站着坐着读书的身影，被朝阳染成一片红色。若想隐蔽些，石边树底，到处都是好地方。有人竟钻在矮矮的蔷薇花架下，口中唧唧哝哝念念有词，手里的书那么厚，我真担心他怎么能再带着书钻出来。还曾见一个女学生，蹲在路边，用石头子儿在地上画。我想不出她在干什么，便凑过去看，只见满地都是三角形。她是在思索解不开的数学题！

给我印象最深的，是一个有几分傻气的小伙子。还是年初时，一个下着小雪的清晨，天色阴沉沉的，我沿着碎石子的甬道，往湖边去。在山坡下的湖岸上，有一个学生，他像所有的年轻小伙那样额前滋着一撮短发，正在大声念着《石壕吏》。雪花落满了一身，他却毫不觉得。“暮投石壕村，有吏夜捉人……”只管一遍又一遍地念。他那浓重的北方乡村的口音，仿佛给老杜的诗更添了几分深厚。因为站得久了，他的一身和雪地变成了一片，嘴里的热气和着诗句有节奏地往结冰的小池上飘去。

雪消了，冰化了，杨柳又发了新芽，从嫩黄变成新绿，长成长长的柳线，垂在湖面上了，这小伙子仍是每天站着读诗。杜甫的主要作品读完了，又读李白。他曾把《梦游天姥吟留别》读成“天老”，可是第二天就更正，大声又读了好几遍。荷花开了又谢了，水面上还留着几株残荷。他已经背会了盛唐的那些大家，读起“碧城十二曲阑干”了。

我自己从没下功夫背过书，常对人说，凡是读一遍而记不得的，就不是好文章。可是这小伙子学习的毅力是这样感人，我好像懂了，只有这样才能真的学到点什么吧，哪怕最容易学的。

立冬过了，天气还很暖和。有一天下午，我骑车经过体育场。正是锻炼的时间，学生们正在打球。忽然，一个球从车轮前滚过，紧接着一个人直跑过来向球扑去。车子差一点儿撞上他，我连忙从车上跳了下来。这时，我眼前晃过那一撮滋着的头发，原来这就是那个念唐诗的小伙子！看他那专心的神气，我明白了，他打起球来，也是这样全力以赴的。

“你这人真是！打个球也拼命！”一个同学说他，“别打了，明天还测验呢！”

他抱着球，瞄准，投篮，命中，然后说：“你老是光顾得考试！”还是那浓重的质朴的北方乡村的口音，音调是亲切的、友善的。我知道，他的刻苦学习，是有着比考试更大许多的东西在指引着他，支持着他。

后来机缘凑巧，参加了一次学生的班会，我才更懂得其中的道理。年尽岁除，他们准备考试了，所以要讨论一下迎接考试的态度，也就是学习的态度。那有几分傻气的小伙子恰在这一班。大家嚷嚷时间不够用，他只闷着头不开口。有人就说："关黑子基础本来差，一年的工夫，真得刮目相看了。他做团的工作尤其热心。"

关黑子的头发似乎更滋起来了。他讷讷地说："咱们不能为考试而学习，更不能只为自己的前途，那和图谋升官发财不是一样吗！我是为我的家乡，为我们的……"他用手指着窗外，窗外林立的科学大楼，仿佛就是祖国的丰沃无边的土地。他说话远不如读诗清楚，其实这话说着比做着容易得多。也许因为有陌生人在吧，黑脸直发红，话也没说完，就停住了。不过大家都明白了，也并不觉得他答非所问。我到现在还不明白的是，"关黑子"这三个字是他的名字呢，还是绰号。

从学生宿舍出来，见四面高楼，灯火辉煌。新的一年四季即将到来，有的班在准备新年联欢的节目。不知为什么，我忽然想起那伏地做数学题的女孩子，又联想起古希腊一位大数学家阿基米德。这位大数学家因为专心做学问，敌人打进城来都不知道，还呵斥入侵的敌兵不要践踏他在地上画的图形，竟因之被一个小兵一刀断送了性命。我们的祖国给青年们安排了多好的学习生活啊！只管思索吧，只管钻研吧，让你的一年四季都燃烧着，发着光亮，回顾时感到收获的欢喜吧。只是千万不要忘记，这一切，都是因为我们有着自己的不会被践踏的国家，而你的每一个一年四季，也都应该是为了祖国的将来啊。

1963年1月8日

柳　信

今年的春，来得特别踌躇、迟疑，乍暖还寒，翻来覆去，仿佛总下不定决心。但是路边的杨柳，不知不觉间已绿了起来，绿得这样浅，这样轻，远望去迷迷蒙蒙，像是一片轻盈的、明亮的雾。我窗前的一株垂柳，也不知不觉在枝条上缀满新芽，泛出轻浅的绿，随着冷风，自如地拂动。这园中原有许多花木，这些年也和人一样，经历了各种斧钺虫豸之灾，只剩下一园黄土、几株俗称瓜子碴的树。还有这棵杨柳，年复一年，只管自己绿着。

少年时候，每到春天，见杨柳枝头一夜间染上了新绿，总是兴高采烈，觉得欢喜极了，轻快极了，好像那生命的颜色也染透了心头。曾在中学作文里写过这样几句：

> 嫩绿的春天又来了
> 看那陌头的杨柳色
> 世界上的生命都聚集在那儿了
> 不是吗？
> 那年青的眼睛般的鲜亮呵——

老师在这最后一句旁边打了密密的圈。我便想，应该圈点的，不是这段文字，而是那碧玉妆成、绿丝绦般的杨柳。

于是许多年来，便想写一篇《杨柳辩》。因为人们历来并不认为杨柳是该圈点的，总是以松柏喻坚贞，以蒲柳比轻贱。现在呢，“辩”的锐气已消，尚幸并未全然麻木，还能感觉到那柳枝透露的春消息。

抗战期间在南方，为躲避空袭，我们住在郊外一个庙里。这庙坐落在村庄附近的小山顶上，山上蓊蓊郁郁，长满了各样的树木。一条歪斜的、可容下一辆马车的石板路，从山脚蜿蜒而上。路边满是木香花，春来结成两道霜雪覆盖的花墙。花墙上飘着垂柳，绿白相映，绿的格外鲜嫩，白的格外皎洁。柳丝拂动，花儿也随着有节奏地摇头。

庙的右侧，有一个小山坡，草很深，杂生着野花，最多的是野杜鹃，在绿色的底子上形成红白的花纹。坡下有一条深沟，沟上横生着一株柳树，据说是雷击倒的。虽然倒着，还是每年发芽。靠山坡的一头有一个斜生的枝杈，总是长满长长的柳丝，一年有大半年绿莹莹的，好像一把撑开的绿伞。我和弟弟经常在这柳桥上跑来跑去，采野花，捉迷藏，不用树和灌木，只是草，已足够把我们藏起来了。

一个残冬，我家的小花猫死了。昆明的猫很娇贵，养大是不容易的。那是我第一次看到什么是死。它躺着，闭着眼。我和弟弟用猪肝拌了饭，放在它嘴边，它仍一动也不动。“它死了。”母亲说，“埋了吧。”我们呆呆地看着那显得格外瘦小的猫，弟弟呜呜地哭了。我心里像堵上了什么，看了半天，还不离开。

“埋了吧，以后再买一只。”母亲安慰地说。

我作了一篇祭文，记得有“呜呼小花”一类的话，放在小猫身上。我们抬着盒子，来到山坡。我一眼便看中那柳伞下的地方，虽然当时只有枯枝。我们掘了浅浅的坑，埋葬了小猫。冷风在树木间吹动，我们那时都穿得十分单薄，不足以御寒的。我拉着弟弟的手，呆呆地站着，好像再也提不起玩的兴致了。

忽然间，那晃动的枯枝上透出一点青绿色，照亮了我们的眼睛，那枝头竟然有一点嫩芽了，多鲜多亮啊！我猛然觉得心头轻松好多。杨柳绿了，杨柳绿了，我轻轻地反复在心里念诵着。那时我的词汇里还没有“生命”这些字眼，但觉得自己又有了精神，一切都又有了希望似的。

时光流去了近四十年，我已经历了好多次的死别，到一九七七年，连我的母亲也撒手别去了。我们家里，最不能想象的就是没有我们的母亲了。母亲病重时，父亲说过一句话："没有你娘，这房子太空。"这房子里怎能没有母亲料理家务来去的身影，怎能没有母亲照顾每一个人、关怀每一个人的呵斥和提醒，那充满乡土风味的话音呢！然而母亲毕竟去了，抛下了年迈的父亲。母亲在病榻上时，用力抓着我的手说过，她放心，因为她的儿女是好的。

我是尽量想做到让母亲放心的。我忙着料理许多事，甚至没有好好哭一场。

两个多月过去，时届深秋。园中衰草凄迷，落叶堆积。我从外面回来，走进藏在衰草落叶中的小径——这小径，我曾在深夜里走过多少次啊。请医生，灌氧气，到医院送汤送药，但终于抵挡不住人生大限的到来。我茫然地打量着这园子，这时，侄儿迎上来说，家里的大猫——狮子死了，是让人用鸟枪打死的，已经埋了。

这是母亲喜欢的猫，是一只雪白的狮子猫，眼睛是蓝的，在灯下闪着红光。这两个月，它天天坐在母亲房门外等，也没等得见母亲出来。我没有问埋在哪里，无非是在这一派清冷荒凉之中罢了。我却格外清楚地知道，再没有母亲来安慰我了，再没有母亲许诺我要的一切了。

深秋将落叶吹得团团转，枯草像是久未梳理的乱发，竖起来又倒下去。我的心直往下沉，往下沉——忽然，我看见几缕绿色在冷风中瑟瑟地抖颤，原来是窗前那株柳树。在冬日的萧索中，柳色有些黯淡，但在一片枯草之间，它是绿着。“这容易生长的、到处都有的、普通的柳树，并不怕冷。”我想着，觉得很安慰，仿佛得到了支持似的。

清明时节，我们将柳枝插在门外，据说可以避邪；又选了两枝，插在母亲骨灰盒旁的花瓶里。柳枝并不想跻身松柏等岁寒之友中，它只是努力尽自己的本分，尽量绿得长一些，就像一个普通正常的母亲、平凡清白的人一样。

柳枝正绿着，衬托着万紫千红。这丝丝垂柳，是会织出大好春光的。

1980年4月

紫藤萝瀑布

我不由得停住了脚步。

从未见过开得这样盛的藤萝，只见一片辉煌的淡紫色，像一条瀑布，从空中垂下，不见其发端，也不见其终极，只是深深浅浅的紫，仿佛在流动，在欢笑，在不停地生长。紫色的大条幅上，泛着点点银光，就像迸溅的水花。仔细看时，才知那是每一朵紫花中的最浅淡的部分，在和阳光互相挑逗。

这里春红已谢，没有赏花的人群，也没有蜂围蝶阵。有的就是这一树闪光的、盛开的藤萝。花朵儿一串挨着一串，一朵接着一朵，彼此推着挤着，好不活泼热闹！

“我在开花!”它们在笑。

“我在开花!”它们嚷嚷。

每一穗花都是上面的盛开、下面的待放。颜色便上浅下深，好像那紫色沉淀下来了，沉淀在最嫩最小的花苞里。每一朵盛开的花像是一个张满了的小小的帆，帆下带着尖底的船，船舱鼓鼓的；又像一个忍俊不禁的笑容，就要绽开似的。那里装的是什么仙露琼浆？我凑上去，想摘一朵。

但是我没有摘。我没有摘花的习惯。我只是伫立凝望，觉得这一条紫藤萝瀑布不只在我眼前，也在我心上缓缓流过。流着流着，它带走了这些时一直压在我心上的焦虑和悲痛，那是关于生死谜、手足情的。我浸在这繁密的花朵的光辉中，别的一切暂时都不存在，有的只是精神的宁静和生的喜悦。

这里除了光彩，还有淡淡的芳香，香气似乎也是浅紫色的，梦幻一般轻轻地笼罩着我。忽然记起十多年前家门外也曾有过一大株紫藤萝，它依傍着一株枯槐，爬得很高，但花朵从来都稀落，东一穗西一串伶仃地挂在树梢，好像在察言观色，试探什么，后来索性连那稀零的花串也没有了。园中别的紫藤花架也都拆掉，改种了果树。那时的说法是，花和生活腐化有什么必然关系。我曾遗憾地想：这里再看不见藤萝花了。

过了这么多年，藤萝又开花了，而且开得这样盛，这样密，紫色的瀑布遮住了粗壮的盘虬卧龙般的枝干，不断地流着，流着，流向人的心底。

花和人都会遇到各种各样的不幸，但是生命的长河是无止境的。我抚摸了一下那小小的紫色的花舱，那里满装生命的酒酿，它张满了帆，在这闪光的花的河流上航行。它是万花中的一朵，也正是由每一个一朵，组成了万花灿烂的流动的瀑布。

在这浅紫色的光辉和浅紫色的芳香中，我不觉加快了脚步。

1982年5月6日

丁香结

今年的丁香花似乎开得格外茂盛，城里城外，都是一样。城里街旁，尘土纷嚣之间，忽然呈出两片雪白，顿使人眼前一亮，再仔细看，才知是两行丁香花。有的宅院里探出半树银装，星星般的小花缀满枝头，从墙上窥着行人，惹得人走过了，还要回头望。

城外校园里丁香更多。最好的是图书馆北面的丁香三角地，种有十数棵白丁香和紫丁香。月光下，白的潇洒，紫的朦胧，还有淡淡的幽雅的甜香，非桂非兰，在夜色中也能让人分辨出，这是丁香。

在我断续住了近三十年的斗室外，有三棵白丁香。每到春来，伏案时抬头便看见檐前积雪。雪色映进窗来，香气直透毫端。人也似乎轻灵得多，不那么混浊笨拙了。从外面回来时，最先映入眼帘的，也是那一片莹白，白下面透出参差的绿，然后才见那两扇红窗。我经历过的春光，几乎都是和这几树丁香联系在一起的。那十字小白花，那样小，却不显得单薄。许多小花形成一簇，许多簇花开满一树，遮掩着我的窗，照耀着我的文思和梦想。

古人诗云："芭蕉不展丁香结""丁香空结雨中愁"。在细雨迷蒙中，着了水滴的丁香格外妩媚。花墙边两株紫色的，如同印象派的画，线条模糊了，直向窗前的莹白渗过来。让人觉得，丁香确实该和微雨连在一起。

只是赏过这么多年的丁香，却一直不解，何以古人发明了丁香结的说法。今年一次春雨，久立窗前，望着斜伸过来的丁香枝条上一柄花蕾。小小的花苞圆圆的，鼓鼓的，恰如衣襟上的盘花扣。我才恍然，果然是丁香结！

丁香结，这三个字给人许多想象。再联想到那些诗句，真觉得它们负担着解不开的愁怨了。每个人一辈子都有许多不顺心的事，一件完了一件又来。所以丁香结年年都有。结，是解不完的，人生中的问题也是解不完的，不然，岂不是太平淡无味了吗？

小文成后一直搁置，转眼春光已逝。要看满城丁香，须待来年了。来年又有新的结待人去解——谁知道是否解得开呢？

1985年清明—冬至

冬　至

这次手术之后，已经年余，却还是这里那里不舒服，连晨起的散步也久废不去了。今天拉开窗帘，见满地白亮亮，还以为是下了雪。再看时，原是一片月光，从松树的枝条间筛下。大半个月亮，挂在中天偏西。天空宽阔而洁净，和月亮一起，罩着静悄悄的大地。

以为表出了问题，看钟，同样是六时一刻。又看日历，原来今天是冬至，从入秋起盼着的冬至。

近年有个奇怪心理：一见落叶悄悄飘离了树木，就盼冬至。随着落叶飘零，白昼一天天短，黑夜愈来愈长。清晨散步，几同夜行，无甚意趣。只要到了冬至，经过这一年中最短的白天，便昼渐长，夜渐短，渐渐地，春天就来了。好像人在生活的道路上落到了谷底，无可再落，就有了上升的希望。可以期待花开草长，可以期待那拖着蓝灰色长尾巴的喜鹊的喳喳叫声，并且在粉红色的晨光中吸进清新的空气。

很想看一看月光怎样淡去，晨光怎样浓来，却无这点闲逸的福分。在开始忙碌的一天时，心中充满了喜悦，因为冬至毕竟来了。因为天时有四季变化，时代有巨大变革；因为生活的丰富是尝不尽的。

冬到是一年的转机，我喜欢转机。

1985年岁末记冬至之晨

好一朵木槿花

又是一年秋来，洁白的玉簪花挟着凉意，先透出冰雪的消息。美人蕉也在这时开放了，红的黄的花，耸立在阔大的绿叶上，一点不在乎秋的肃杀。以前我有“美人蕉不美”的说法，现在很想收回。接下来该是紫薇和木槿。在我家这以草为主的小园中，它们是外来户。偶然得来的枝条，偶然插入土中，它们就偶然地生长起来。紫薇似娇气些，始终未见花。木槿则已两度花发了。

木槿以前给我的印象是平庸。“文革”中许多花木惨遭摧残，它却得全性命，陪伴着显赫一时的文冠果，免得那“钦定”植物太孤单。据说原因是它的花可食用，大概总比草根树皮好些吧。学生浴室边的路上，两行树挺立着，花开有紫、红、白等色，我从未仔细看过。

近两年木槿在这小园中两度花发，不同凡响。

前年秋至，我家刚从死别的悲痛中缓过气来不久，又面临了少年人的生之困惑。我们不知道下一分钟会发生什么事，陷入极端惶恐中。我在坐立不安时，只好到草园踱步。那时园中荒草没膝，除了我们的基本队伍亲爱的玉簪花外，只有两树忍冬，结了小红果子，玛瑙扣子似的，一簇簇挂着。我没有指望还能看见别的什么颜色。

忽然在绿草间，闪出一点紫色，亮亮的，轻轻的，在眼前转了几转。我忙拨开草丛走过去，见一朵紫色的花缀在不高的绿枝上。

这是木槿。木槿开花了，而且是紫色的。

木槿花的三种颜色，以紫色最好。那红色极不正，好像颜料没有调好；白色的花，有老伙伴玉簪已经够了。最愿见到的是紫色的，好和早春的二月兰、初夏的藤萝相呼应，让紫色的幻想充满在小园中，让风吹走悲伤，让梦留着。

惊喜之余，我小心地除去它周围的杂草，做出一个浅坑，浇上水。水很快渗下去了。一阵风过，草面漾出绿色的波浪，薄如蝉翼的娇嫩的紫花在一片绿波中歪着头，带点调皮，却丝毫不知道自己显得很奇特。

去年，月圆过四五次后，几经洗劫的小园又一次遭受磨难。园旁小兴土木，盖一座大有用途的小楼。泥土、砖块、钢筋、木条全堆在园里，像是凌乱地长出一座座小山，把植物全压在底下。我已习惯了这类景象，知道毁去了以后，总会有新的开始，尽管等的时间会很长。

没想到秋来时，一次走在这崎岖山路上，忽见土山一侧，透过砖块钢筋伸出几条绿枝，绿枝上，一朵紫色的花正在颤颤地开放！

我的心也震颤起来，一种悲壮的感觉攫住了我。土埋大半截了，还开花！

土埋大半截了，还开花！

我跨过障碍，走近去看这朵从重压下挣扎出来的花。仍是娇嫩的薄如蝉翼的花瓣，略有皱褶，似乎在花蒂处有一根带子束住，却又舒展自得，它不觉环境的艰难，更不觉自己的奇特。

忽然觉得这是一朵童话中的花，拿着它，任何愿望都会实现，因为持有的是面对一切苦难的勇气。

紫色的流光抛洒开来，笼罩了凌乱的工地。那朵花冉冉升起，倚着明亮的紫霞，微笑地俯看着我。

今年果然又有一个开始。小园经过整治，不再以草为主，所以有了对美人蕉的新认识。那株木槿高了许多，枝繁叶茂，但是重阳已届，仍不见花。

我常在它身旁徘徊，期待着震撼了我的那朵花。

它不再来。

即使再有花开，也不是去年的那一朵了。也许需要纪念碑，纪念那逝去了的，昔日的悲壮？

1988年重阳

报　秋

似乎刚过完了春节，什么都还来不及干呢，已是长夏天气，让人懒洋洋的像只猫。一家人夏衣尚未打点好，猛然却见玉簪花那雪白的圆鼓鼓的棒槌，从拥挤着的宽大的绿叶中探出头来。我先是一惊，随即怅然。这花一开，没几天便是立秋。以后便是处暑便是白露便是秋分便是寒露，过了霜降，便立冬了。真真的怎么得了！

一朵花苞钻出来，一个柄上的好几朵都跟上。花苞很有精神，越长越长，成为玉簪花模样。开放都在晚间，一朵持续一昼夜。六片清雅修长的花瓣围着花蕊，当中的一株顶着一点嫩黄，颤颤地望着自己雪白的小窝。

这花的生命力极强，随便种种，总会活的。不挑地方，不拣土壤，而且特别喜欢背阴处，把阳光让给别人，很是谦让。据说花瓣可以入药。还有人来讨那叶子，要捣烂了治脚气。我说它是生活上向下比，工作上向上比，算是一种玉簪花精神吧。

我喜欢花，却没有侍弄花的闲情。因有自知之明，不敢邀名花居留，只有时要点草花种种。有一种太阳花，又名“死不了”，开时五色缤纷，杂在草间很好看。种了几次，都不成功。“连‘死不了’都种死了”，我们常这样自嘲。

玉簪花却不同，从不要人照料，只管自己蓬勃生长。往后院月洞门小径的两旁，随便移栽了几个嫩芽，次年便有绿叶白花，点缀着夏末秋初的景致。我的房门外有一小块地，原有两行花，现已形成一片，绿油油的，完全遮住了地面。在晨光熹微或暮色朦胧中，一柄柄白花擎起，隐约如绿波上的白帆，不知驶向何方。有些植物的繁茂枝叶中，会藏着一些小活物，吓人一跳。玉簪花下却总是干净的，可能因气味的缘故，不容虫豸近身。

花开到十几朵，满院便飘着芳香。不是丁香的幽香，不是桂花的甜香，也不是荷花的那种清香。它的香比较强，似乎有点醒脑的作用。采几朵放在养石子的水盆中，房间里便也飘散着香气，让人减少几分懒洋洋，让人心里警惕着：秋来了。

秋是收获的季节，我却两手空空。一年两年过去了，总是在不安和焦虑中。怪谁呢，很难回答。

久居异乡的兄长，业余喜好诗词。前天寄来南宋词人朱敦儒的那首《西江月》。原文是：

> 日日深杯酒满，朝朝小圃花开。自歌自舞自开怀，且喜无拘无碍。
>
> 青史几番春梦，黄泉多少奇才。不须计较与安排，领取而今现在。

若照他译的英文再译回来，最后一句是认命的意思。这意思有，但似不够完全，我把“领取而今现在”一句反复吟哦，觉得这是一种悠然自得的境界。其实不必深杯酒满，不必小圃花开，只在心中领取，便得逍遥。

领取自己那一份，也有品味、把玩、获得的意思。那么，领取秋，领取冬，领取四季，领取生活吧。

那第一朵花出现已一周，凋谢了，可是别的一朵一朵在接上来。圆鼓鼓的花苞，盛开了的花朵，由一个个柄擎着，在绿波上漂浮。

1990年8月10日

送　春

说起燕园的野花，声势最为浩大的，要属二月兰了。它们本是很单薄的，脆弱的茎，几片叶子，顶上开着小朵小朵简单的花，可是开成一大片，就形成春光中重要的色调。阴历二月，它们已探头探脑地出现在地上，然后忽然一下子就成了一大片。一大片深紫浅紫的颜色，不知为什么总有点朦胧。房前屋后，路边沟沿，都让它们占据了，熏染了。看起来，好像比它们实际占的地盘还要大。微风过处，花面起伏，丰富的各种层次的紫色一闪一闪地滚动着，仿佛还要到别处去涂抹。

没有人种过这花，但它每年都大开而特开。童年在清华，屋旁小溪边便是它们的世界。人们不在意有这些花，它们也不在意人们是否在意，只管尽情地开放。那多变化的紫色，贯穿了我所经历的几十个春天，只在昆明那几年让白色的木香花代替了。木香花以后的岁月，便定格在燕园，而燕园的明媚春光，是少不了二月兰的。

斯诺墓所在的小山后面，人迹罕到，便成了二月兰的天下。从路边到山坡，在树与树之间，挤满花朵。有一小块颜色很深，像需要些水化一化；有一小块颜色很浅，近乎白色。在深色中有浅色的花朵，形成一些小亮点儿；在浅色中又有深色的笔触，免得它太轻灵。深深浅浅连成一片。这条路我也是不常走的，但每到春天，总要多来几回，看看这些小友。

其实我家近处，便有大片二月兰。各芳邻门前都有特色，有人从荷兰带回郁金香，有人从近处花圃移来各色花草。这家因主人年老，儿孙远居海外，没有人侍弄园子，倒给了二月兰充分发展的机会。春来开得满园，像一大块花毡，衬着边上的绿松墙。花朵们往松墙的缝隙间直挤过去，稳重的松树也似在含笑望着它们。

这花开得好放肆！我心里说。我家屋后，一条弯弯的石径两侧，直到后窗下，每到春来，都是二月兰的领地。面积虽小，也在尽情抛洒春光。不想一次有人来收拾院子，给枯草烧了一把火，说也要给野花立规矩。次年春天便不见了二月兰，它受不了规矩，野草却依旧猛长。我简直想给二月兰写信，邀请它们重返家园。信是无处投递，乃特地从附近移了几棵，尚未见功效。

许多人不知道二月兰为何许花，甚至语文教科书的插图也把它画成兰花模样。兰花素有花中君子之称，品高香幽。二月兰虽也有个兰字，可完全与兰花没有关系，也不想攀高枝，只悄悄从泥土中钻出来，如火如荼点缀了春光，又悄悄落尽。我曾建议一年轻画徒，画一画这野花，最好用水彩，用印象派手法。年轻人交来一幅画稿，在灰暗的背景中只有一枝伶仃的花，又依照“现代”眼光，在花旁画了一个破竹篮。

“这不是二月兰的典型姿态。”我心里评判着。二月兰是一大片一大片的，千军万马。身躯瘦弱地位卑下，却高扬着活力，看了让人透不过气来。而且它们不只开得隆重茂盛，尽情尽性，还有持久的精神，这是今春才悟到的。

因为病，因为懒，常几日不出房门。整个春天各种花开花谢，来去匆匆，有的便不得见。却总见二月兰不动声色地开在那里，似乎随时在等候，问一句：“你好些吗？”

又是一次小病后，在园中行走。忽觉绿色满眼，已为遮蔽炎热做准备。走到二月兰的领地时，不见花朵，只剩下绿色直连到松墙。好像原有一大张绚烂的彩画，现在掀过去了，卷起来了，放在什么地方，以待来年。

我知道，春归去了。

在领地边徘徊了一会儿，忽然意识到二月兰的忠心和执着。从“春如十三女儿学绣”时，它便开花，直到雨僝风僽，春深春老。它迎春来，伴春在，送春去。古诗云“开到荼蘼花事了”，我始终不知荼蘼是个什么样儿，却亲见二月兰蓦然消失，是春归的一个指征。

迎春人人欢喜，有谁喜欢送春？忠心的、执着的二月兰没有推托这个任务。

1992年9月下旬

松　侣

一位朋友曾说她从未注意过木槿花是什么样儿，我答应院中木槿花开时，邀她来看。

这株木槿原在窗前，为了争得光线，春末夏初时我把它移到篱边。它很挣扎了一阵，活下来了，可是秋初着花时节，一朵未见。偶见大图书馆前两排木槿，开着紫、白、红各色的花朵，便想通知朋友，到那里观看。不知有什么事，一天天因循，未打电话。过了些时，偶然走过图书馆，却见两排绿树，花朵已全落尽了。一路很是怅然，似乎不只失信于朋友，也失信于木槿花。又因木槿花每一朵本是朝开夕谢的，不免伤时光之不再，联想到自己的疾病，不知还有几多日子。

回到家里，站在院中三棵松树之间，那点脆弱的感怀忽然消失了，我感到镇定平静。三松中的两棵高大稳重，一株直指天空，另一株过房顶后作九十度折角，形貌别致，都似很有魅力，可以倚靠。第三棵不高，枝条平伸作伞状，使人感到亲切。它们似乎说，好了，不要小资情调了，有我们呢。

它们当然是不同的。它们不落叶，无论冬夏，常给人绿色的遮蔽。那绿色十分古拙，不像有些绿色的鲜亮活跳。它们也是有花的，但不显著，最后结成松塔掉下来，带给人的是成熟的喜悦，而不是凋谢的惆怅。它们永远散发着清净的气息，使得人也清爽，据说像负离子发生器一样，有着实实在在的医疗作用。

更何况三松和我的父亲是永远分不开的。我的父亲晚年将这住宅命名为“三松堂”。“庭中有三松，抚而盘桓，较渊明犹多其二焉”（《三松堂自序》之自序）。寄意深远，可以揣摩。我站在三松之下感到安心，大概因为同时也感到父亲的思想、父亲的影响和那三松的华盖一样，仍在荫蔽着我。

父母在堂时，每逢节日，家里总是很热闹。七十年代末，放鞭炮之风还未盛，我家得风气之先，不只放鞭炮，还要放花，一道道彩光腾空而起，煞是好看。这时大家又笑又叫，少年人持着竹竿，孩子们躲在大人身后探出个小脑袋，放花放炮的乐趣就在此了。放了几年，家里人愈来愈少了，剩下的人还坚持这一节目，有一次一个闪光雷放上去，其中一些纸燃烧着落在松树顶上，一枝松针马上烧起来，幸亏比较靠边，往上泼水还能泼到，及时扑灭了。浇水的人和树一样，也成了落汤鸡。以后因子侄辈纠缠，也还放了两年。再以后，没有高堂可娱，青年人又都各奔前程，几乎走光，三松堂前便再没有节日的喧闹。

这一切变迁，三松和院子中的竹子、丁香、藤萝、月季和玉簪都曾亲见。其中松树无疑是祖字辈的，阅历最多，感怀最深，却似乎最无话说。只是常绿常香，默默地立在那里，让人觉得，累了时它总是可以靠一靠的。

这三棵松树似是家中的一员，是亲人，是长辈。燕园中还有许许多多松柏枞桧这类的树，便是我的好友了。

在第二体育馆之北，六座中西合璧的庭院之间，有一片用松墙围起来的园子，名为静园。这里原来是没有墙的，有的是草地、假山，又宽又长的藤萝架。“文革”中，这些花草因有不事生产的罪名，全被铲除，换上了有出息的果树，又怕人偷果子，乃围以松墙。我对这一措施素不以为然，静园也很少去。

这两年，每天清晨坚持散步，据说这是我性命攸关的大事，未敢少懈。散步的路径，总寻找松柏之处，静园外超过千步的松墙边便成为好地方。一到墙边，先觉清气扑人，一路走下去，觉得全身的血液都换过了。

临湖轩前有一处三角地，也围着松墙。其中一段路两边皆松，成为夹道。那松的气息，更是向每个毛孔渗来。一次雨后走过夹道，见树顶上一片云气蒸腾，树枝上挂满亮晶晶的水珠，蜘蛛网也成了彩色的璎珞，最主要的是那气息，清到浓重的地步，劈头盖脸将人包裹住了。这时便想，若不能健康地活下去，实在愧对造化的安排。

走出夹道不远，有一处小松林，有白皮松、油松等，空气自然是好的。我走过时，总见六七位老太太在一起做操，一面拍拍打打，一面大声谈家常。譬如昨天谁的媳妇做的饭，谁的孙子念的什么书。松树也不嫌聒噪，只管静静地施行负离子疗法。

中国文学中一直推崇松的品格，关于松的吟咏很多。松树的不畏岁寒，正可视为不阿时不媚俗的一种气节。这是“士”应有的精神境界，所以都愿意以松为友。白居易《庭松》诗云：“疏韵秋瑟瑟，凉阴夏凄凄。春深微雨夕，满叶珠蓑蓑。岁暮大雪天，压枝玉皑皑。四时各有趣，万木非其侪……即此是益友，岂必交贤才。顾我犹俗士，冠带走尘埃。未称为松主，时时一愧怀。”最后两句用松之德要求自己，勉励自己，要够格做松的主人。松不只给人安慰，给人健康，还在道德上引人向上。世之益友，又有几人能做到呢？

自然界中，能为友侣的当然不只松柏一类。虽木槿之短暂，也有它的作用与位置。人若能时时亲近大自然，会较容易记住自己的本色。嵇康有诗云：“目送归鸿，手挥五弦。俯仰自得，游心太玄。”纵然手不能举足不能抬，纵然头上悬着疾病的利剑，我们也能在自己的位置上俯仰自得，不是吗？

1993年9月下旬

促织，促织！

秋来了。

不知不觉间，秋天全面地到来了。

最初的信息还在玉簪花。那一点洁白的颜色仿佛把厚重的暑热戳了一个洞，凉意透了过来。渐渐地，鼓鼓的小棒槌花苞绽开了，愈开愈多，满院中弥漫着淡淡的香气。人走进屋内有时会问一句，怎么会这样香，是熏香还是什么？我们也答说，熏香哪有这样气味，只是花香侵了进来罢了。花香晚间更觉分明，带着凉意。

一个夏天由着知了聒噪，吵得人恨不得大喝一声“别吵了”，也只能想想而已，谁和知了一般见识？随着玉簪的色与香，夜间忽然有了清亮无比的鸣声，那是蟋蟀。叫叫停停，显得夜越发的静，又是一年一度虫鸣音乐换演员的时候了。知了的呐喊渐渐衰微，终于沉默。蟋蟀叫声愈来愈多，愈来愈亮。清晨在松下小立，竹丛里，地锦间，都有不止一支小乐队，后来中午也能听到了。最传神，最有秋之意韵的鸣声是在晚间，似比白天的鸣声高了八度，很是饱满。狄更斯在《炉边蟋蟀》这篇小说里形容蟋蟀的叫声“像一颗星星在屋外的黑暗中闪烁，歌声到最高昂时，音调里便会出现微弱的，难以描述的震颤”。小说中的男女主人公都喜欢这小东西，说炉边能有一只蟋蟀，是世界上最幸运的事。

我们的小歌者中最优秀的一位也是在厨房里。它在门边，炉边，碗柜边，水池边转着圈鸣叫，像要叫醒黑沉沉的夜，叫得真欢。叫到最高昂处似乎星光也要颤一颤。我们怕它饿了，撕几片白菜叶子扔在当地，它总是不屑一顾。

养蟋蟀有许多讲究，可以写几本书。我可无意此道，几十年前亲戚送的古雅的蛐蛐罐，早不知到哪里去了。我喜欢自然环境中蟋蟀的歌声，那是一种天籁，是秋的号角，充满了秋天收获的喜悦。

家人闲话时，常常说到家中的两个淘气包——两只猫；说到一只小壁虎，它每天黄昏爬上纱窗捉蚊子，恪尽职守；说到在杂物棚里呼呼大睡的小刺猬，肚皮有节奏地一凸一凹，煞是好看。也说到蟋蟀，这小家伙，为整个秋天振翅长鸣，不惜用尽丹田之气。它的歌声使人燥热的梦凉爽了，使人凄清的梦温暖了。我们还讨论了它的各种名字：蟋蟀，俗名蛐蛐，一名蛩，一名促织。

促织这两个字很美，据说是模仿虫鸣声，声音似并不大像，却给人许多联想。促织，可以想到催促纺织，催促劳动，提醒人一年过去了大半，劳动成果已在手边，还得再接再厉。

《聊斋志异》中有《促织》一篇，写官府逼人上交蟋蟀，九岁孩童为了父母身家性命，魂投蟋蟀之身。以人的智慧对付虫，当然所向披靡。这篇故事不只写出以皇帝为首的统治者的暴虐荒唐，更写出了人的精神力量。生不可为之事，死以魂魄为之！这是一种执着，奋斗，无畏无惧，山河为动，金石为开的力量。

近来，我非常不合潮流地厌恶“潇洒”这两个字。这两个字已被用得极不潇洒了，几乎成了不负责任的代名词。潇洒，得有坚实的根底，是有源有本，是自然而然的一种人格体现，不是凭空追求能得到的。晋人风流的底是真情，晚明小品空灵闲适的底是妙赏。没有底，只是哼哼唧唧自哀自怜，或刻意作潇洒状，徒然令人生厌。

听得一位教师说，她班上有一个学生既聪明，又勤奋，决不浪费时间。她向别的同学推广，有些人竟嗤之以鼻，说：“太牲了！”经过解释，才知道牲者畜牲也，意思是太不像人了。

究竟怎样才像人？才是人？才能做与“天地参”的人？只是潇洒么？只是好玩么？

听听那小蟋蟀！它还在奋力认真地唱出自己的歌！

促织，促——织——

1994年8月

二十四番花信

今年春来早，繁忙的花事也提早开始，较常年约早一个节气。没有乍暖还寒，没有春寒料峭。一天，在钟亭小山下散步，忽见，乾隆御碑旁边那树桃花已经盛开。我常说桃花冒着春寒开放很是勇敢，今年开得轻易不需要很大勇气，只是衬着背后光秃的土山，还可以显出它是报春的先行者。

迎春、连翘争相开花，黄灿灿的一片。我很长时期弄不清这两种植物的区别，常常张冠李戴，未免有些烦恼，也曾在别的文章里写过。最近终于弄清，迎春的枝条呈拱形，有角棱，连翘的枝条中空。原以为我家月洞门的黄花是迎春，其实是连翘，有仲折来的中空的枝条为证。

报春少不了二月兰。今年二月兰又逢大年，各家园子里都是一大片紫色的地毯。它们有一种淡淡的香气，显然是野花的香气。去冬，往病房送过一株风信子，也是这样的气味。

榆叶梅跟着开了，附近的几株都是我们的朋友，哪一株大，哪一株小，哪一株颜色深，哪一株颜色浅，我们都再熟悉不过。园边一排树中，有一株很高大，花的颜色也深，原来不求甚解地以为它是榆叶梅中的一种。今年才知道，这是一棵朱砂碧桃。“天上碧桃和露种”，当然是名贵的，它若知我一直把它看作榆叶梅，可能会大大地不高兴。

紧接着便是那若有若无的幽香提醒着丁香上场了。窗前的一株已伴我四十余年。以前伏案写作时，只觉香气直透毫端，花墙边的一株是我手植，现在已高过花墙许多。几树丁香都不是往年那种微雨中淡淡的情调，而是尽情地开放，满树雪白的花，简直是光华夺目。我已不再持毫，缠绕我的是病痛和焦虑，幸有这光亮和香气，透过黑夜，沁进窗来，稍稍抚慰着我不安的梦。

我为病所拘，只能就近寻春，以为看不到玉兰和海棠了。不想，旧地质楼前忽见一株海棠正在怒放，迎着我们的漫步。燕园本来有好几株大海棠，不知它们犯了何罪，“文革”中统统被砍去，现在这一株大概是后来补种的。海棠的花最当得起“花团锦簇”这几个字。东坡诗句“只恐夜深花睡去，故烧高烛照红妆”，照的就是海棠。海棠虽美，只是无香，古人认为这是一大憾事。若是无香要扣分，花的美貌也可以平均过来了。再想想，世事怎能都那么圆满。

又一天，走到临湖轩，见那高松墙变成了短绿篱，门开着，便走进去，晴空中见一根光亮的蛛丝在袅动，忽然想起《牡丹亭》中那句“袅晴丝，吹来闲庭院，摇漾春如线”。这句子可怎么翻译，我多管闲事地发愁。上了台阶，本来是空空的庭院，现在觉得眼睛里很满，原来是两株高大的玉兰，不知何时种的。玉兰正在开花，虽已过了最盛期，仍是满树雪白。那白花和丁香不同，显得凝重得多。地下片片落花也各有姿态，我们看了树上的花，又把脚下的花看了片刻。

蔡元培像旁有一株树，叶子是红的，我们叫它红叶李。从临湖轩出来走到这里，忽见它也是满树的花。又过了两天，再去寻时，已经一朵花也看不见了。真令人诧异不止。

“我一生儿爱好是天然。”花朵怎能老在枝头呢，万物消长是大自然的规律。

柳絮开始乱扑人面。我和仲走在小路上，踏着春光，小心翼翼地，珍惜地。不知何时，那棵朱砂碧桃的满树繁花也已谢尽，枝条空空的，连地上也不见花瓣。别的花也会跟着退场的。有上场，有退场，人，也是一样。

2002年春末

云在青天

这里仿佛有一个气场，在屋内的房间里，也在屋外的松竹间，充满着“蜡炬成灰泪始干”的执着和对文化的敬重，还有对生活的宽容和谅解。

萤 火

点点银白的、灵动的光，在草丛中飘浮。草丛中有各色的野花：黄的野菊、浅紫的二月兰、淡蓝的勿忘我。还有一种高茎的白花，每一朵都由许多极小的花朵组成，简直看不清花瓣。它的名字恰和勿忘我相反，据说是叫作“不要记得我”，或可译作“勿念我”吧。在迷茫的夜中，一切彩色都失去了，有的只是黑黝黝一片。亮光飘忽地穿来穿去，一个亮点儿熄灭了，又有一个飞了过去。

若在淡淡的月光下，草丛中就会闪出一道明净的溪水，潺潺地、不慌不忙地流着。溪上有两块石板搭成的极古拙的小桥，小桥流水不远处的人家，便是我儿时的居处了。记得萤火虫很少飞近我们的家，只在溪上草间，把亮点儿投向反射着微光的水，水中便也闪动着小小的亮点，牵动着两岸草莽的倒影。现在看到动画片中要开始幻景时闪动的光芒，总会想起那条溪水，那片草丛，那散发着夏夜的芳香，飞翔着萤火虫的一小块地方。

幼小的我，经常在那一带玩耍。小桥那边，有一个土坡，也算是山吧。小路上了山，不见了。晚间站在溪畔，总觉得山那边是极遥远的地方，隐约在树丛中的女生宿舍楼，也是虚无缥缈的。那时白天常和游伴跑过去玩，大学生们有时拉住我的手，说："你这黑眼睛的女孩子！你的眼睛好黑啊！"

大概是两三岁时，一天母亲进城去了，天黑了许久，还不回来。我不耐烦，哭个不停。老嬷嬷抱我在桥头站着，指给我看桥那边的小道。"回来啦，回来啦——"她唱着。其实这完全不是母亲回来的路。夜未深，天色却黑得浓重，好像蒙着布，让人透不过气。小桥下忽然飞出一盏小灯，把黑夜挑开一道缝。接着又飞出一盏。花草亮了，溪水闪了。黑夜活跃起来，多好玩啊！我大声叫了："灯！飞的灯！"回头看家里，已经到处亮着灯了，而且一片声在叫我。我挣下地来，向灯火通明的家跑去，却又屡次回头，看那使黑夜发光的飞灯。

照说幼儿时期的事，我不该记得。也许我记得的，其实是后来母亲的叙述，或自己更人事后的心境吧。但那一晚我在桥头的景象，总是反复地、清晰地出现在我眼前，那黑夜，那划破了黑夜的萤火，以及后来的灯光。

长大了，又回到这所房屋时，我在自己的房间里便可以看到起伏明灭的萤火了。我的窗正对着那小溪，溪水比以前窄了，草丛比以前矮了，只有萤火，那银白的，有时是浅绿色的光，还是依旧。有时抛书独坐，在黑暗中看着那些飞舞的亮点，那么活泼，那么充满了灵气，不禁想到《仲夏夜之梦》里那些会吵闹的小仙子；又不禁奇怪这发光的虫怎么未能在《聊斋志异》里占一席重要的地位。它们引起多么远、多么奇的想象。那一片萤光后面的小山那边，像是有什么仙境在等待着我。但是我最多只是走出房来，在溪边徘徊片刻，看看墨色涂染的天、树，看看闪烁的溪水和萤火。仙境嘛，最好是留在想象和期待中的。

日子一天天热闹起来。新中国成立、毕业，几乎每个人都觉得自己在发光。我们是新中国成立后第三届大学生。毕业前夕，一个星光灿烂的夜晚，和几个好友，久久地坐在这溪边山坡上，望着星光和萤光。我们看准一棵树，又看准一个萤，看它是否能飞到那棵树，来卜自己的未来。几乎每一个萤火虫都能飞到目的地，因为没有飞到的就不算数。那时，我们的表格里无一不填着：“坚决服从分配，到祖国最需要的地方去！”无论分到哪里，我们都会怀着对美好未来的向往扑过去的。星空中忽然闪了一下，是一颗流星划过了天空。据说流星闪亮时，心中闪过的希望是会如愿的，但我们谁也没有再想要什么。有了祖国，有了党，不就有了一切吗？我觉得重任在肩，而且相信任何重任我都担得起。难道还有比这种信心更使人兴奋、欢喜，使人感到无可比拟的幸福吗？虽然我知道自己很小，小得像萤火虫那样。萤火虫却是会发光的，使得黑夜也璀璨美丽，使得黑夜也充满了幻想。

奇怪的是，自从离开清华园，再也不曾见到萤火虫。可能因为再也没有住在水边了。后来从书上知道，隋炀帝在江都一带经营过“萤苑”，征集“萤火数斛”，为夜晚游山之用。这皇帝连萤火虫都不放过，都要征来服役，人民的苦难，更可想见了。但那“萤苑”风光，一定是好看的。因为那种活泼的光，每一点都呈现着生命的力量。以后无意中又得知萤火虫能捕食害虫，于农作物有益，不觉十分高兴。便想，何不在公园中布置个“萤苑”，为夏夜增光，让曾被皇帝拘来当劳工的萤火虫，有机会为人民服务呢。但在那“十年浩劫”中，连公园都几乎被查封，那“萤苑”的构思，早就逃之夭夭了。

前几天，偶得机缘，和弟弟这个从小的同学往清华走了一遭。图书馆看去一次比一次小，早不是小时心目中的巍峨了。那肃穆的、勤奋的读书气氛依然，书库中的玻璃地板也还在，底层的报刊阅览室也还是许多人站着看报。弟弟说他常做一个同样的梦——到这里来借报纸。底层增了检索图书用的计算机，弟弟兴致勃勃地和机上人员攀谈，也许他以后的梦，要改变途径了。我的萤火虫却从未在梦中出现。行向小河那边时，因为在白天，本不指望看见萤火，但以为草坡上的勿忘我和“勿念我”总会显出颜色。不料看见的，是一条干涸的沟，两岸干黄的土坡，春雨轻轻地飘洒，还没有一点绿意。那明净的、潺潺的、不慌不忙流着的溪水，已不知何时流往何处了。我们旧日的家添盖了房屋，现在是幼儿园了。虽是假日，还有不少孩子，一个个转动着点漆般的眼睛看着我们。“你们这些黑眼睛的孩子！好黑的眼睛啊！”我不由得想。

事物总是在变迁，中心总要转移的。现在清华主楼的堂皇远非工字厅可比了。而那近代物理实验室中的元素光谱，使人感到科学的光辉，也是萤火虫们望尘莫及的。我们骑着车，淋着雨，高兴地到处留下校友的签名。从二十世纪一十年代到七十年代排过来的长桌前，那如同戴着雪帽般的白头发，那敦实可靠的中年的肩膀，那发亮的、润泽的皮肤和眼睛，俨然画出了人生的旅程。我认为，在这条漫长而又短促的道路上，那淡蓝和纯白的花朵，勿忘我和“勿念我”，是必不可少的。因为人世间，有许多事应该永远记得，又有许多事是早该忘却了。

但总要尽力地发光，尤其是在困境中。草丛中飘浮的、灵动的、活泼的萤火，常在我心头闪亮。

1980年6月

彩虹曲社

“破不喇马嵬驿舍，冷清清佛堂倒斜，一代红颜为君绝，千秋遗恨滴罗巾血。半行字是薄命的碑碣，一抔土是断肠墓穴，再无人过荒凉野。莽天涯，谁吊梨花榭？可怜那抱悲怨的孤魂，只伴着呜咽咽的鹃声冷啼月。”

这是《长生殿·弹词》一节中的“七转”。我们在夏威夷一所小学校教室里，听几位朋友唱，唱声清越，忽而高遏行云，忽而沉入地下；直起直落，如同铁画银钩，不要圆滑，不要坡度，勾勒得极峭极美。连那心窍不通处，都由这陡笔打通了。

“俺只为家亡国破兵戈沸，因此上孤身流落在江南地。”声音悲凉凄楚，从极高处陡然跌落下来，像是负荷不了那悲痛。一时间空荡荡的教室里充满了凄冷。

窗外有四时不谢的奇花异草，远山笼罩在烟霭中，山坡上散落着各种样式的房舍。眼前的景色是美的，我却不觉为这些身处异国的朋友感到浓重的乡愁，我的眼泪涌上来了。可是唱的人并不哽咽，伴着悠扬的笛声唱完了煞尾。“今日个知音喜遇知音在 —— 一曲霓裳播千载。”

我对昆曲是外行，根本没有听过几次，但是十分喜欢。尤其这一次唱，给我印象极深。

一九八二年夏的一个星期六下午，居住在夏威夷的语言学家李方桂和夫人徐樱，中国戏曲专家罗锦堂夫妇，还有两位女士和一位癌症研究中心的青年医生，在一起唱曲自娱，父亲和我得往聆听。据罗先生说，他们原轮流在各家唱，邻居听得这般怪声，以为出了什么事，找了警察来。后来便选定这小学校，星期六下午学校无课，没人听见。他们自带点心，唱一阵休息一下再唱。有时兴起，连晚饭也免去，直到尽兴方休。

“你道翠生生出落的裙衫儿茜，艳晶晶花簪八宝填，可知我一生儿爱好是天然？”

《弹词》唱过是《惊梦》，词句随着音乐送入心中，真觉得芳香直浸骨髓。我一面听一面诧异，他们怎么唱得这样好！五十年代曾在北京看过一次著名票友周、袁两女士的

《游园惊梦》，载歌载舞，美妙极了。似乎票友总胜过专业演员，因为前者只凭着迷，“一生爱好是天然”，没有任何功利打算；后者则要受到种种客观制约。能“着迷”的人是可爱的，对任何事都不着迷的人，不只乏味，还有些可怕。

这几位朋友都迷着昆曲，迷得很天真。李夫人徐樱女士是家传，唱得好，还管吹笛子。这一场除她自唱的几段外，都是她吹笛子。后来自己笑说：“都出汗了。”出了汗，还吹，还唱。罗锦堂夫人身体不好，声音却高而且亮，充满了感情。那位青年医生也唱得抑扬顿挫，字正腔圆，若是他唱一段曲子作辅助治疗，一定有好效果。

回国后听过几次昆曲，总觉得不像。各种艺术还是突出自己的特色为好，若互相靠拢，让人总觉差点什么。昆曲若无那点陡峭味儿，便无意趣。几乎以为，要听真正的昆曲，必须前往夏威夷了。当然，其实这方面的艺术家颇不乏人，且有极出色者，只是我无缘得见罢了。

前几天，偶然在电视里看到昆剧演员汪世瑜表演《拾画》，十分倾倒。一举手一投足，是那样潇洒，一发声一吐字，是那样润畅，歌和舞浑成一体，把人带到“寒花绕砌，荒草成窠”的废园中。

看来只要艺术精湛，业余和专业并不是界限。但是夏威夷那次听曲，余音绕梁，三年不去。可能因为他们的唱只是抒发胸臆，得不到掌声与喝彩，他们是唱给空荡荡的教室听的。

他们住处都离夏威夷大学不远。这一带因常有微雨，常有霁色，也常有彩虹，所以有彩虹谷之美名。那天我们出来时，便见半段彩虹，横在远山和云雾之间。他们的曲社，便名为“彩虹曲社”。

即以此文寄意所有的久居异乡的朋友，愿彩虹常现，人长健，曲常新。

1985年12月

酒和方便面

酒，是艺术。酒使人陶陶然，飘飘然，昏昏然，直至醉卧不醒，完全进入另一种境界。在那种境界中，人们可以暂时解脱人间各种束缚，自由自在；可以忘却营碌奔波和做人的各种烦恼。所以善饮者称酒仙，耽溺于饮者称酒鬼，却没有称酒人的。酒能使人换到仙和鬼的境界，其伟大可谓至矣。而酒味又是那样美，那样奇妙！许多年来，常念及酒的发明者，真是聪明。

因为酒的好味道，我喜欢，却不善饮。对酒文化，更无研究，那似乎是一门奢侈的学问。只有人问黄与白孰胜时，能回答喜欢黄的，而不误会谈论的是金银。黄酒需热饮，特具一种东方风格。以前市上有即墨老酒，带点烟尘味儿，很不错。现在的封缸、沉缸，也不错，只是我不能多喝。有人说我可能生来具有那根“别肠”，后因多次手术割断了。

就算存在那“别肠”，饮酒的机会也不多。有几次印象很深，但饮的都不是黄酒。

云南开远杂果酒，色殷红，味香甜。童年在昆明，常在中午大人午睡时，和兄、弟一起偷饮这种酒，蜜水一般，好喝极了。却不料它有后劲，过一会儿便头痛。宁肯头痛，还是偷喝。头痛时三人都去找母亲。母亲发现头痛原因，便将酒瓶藏过了。那时我和弟弟住一房间，窗与哥哥的窗成直角。哥哥在两窗间挂了两根绳子，可拉动一小篮，装上字条，便成土电话。消息经过土电话而来，格外有趣。三人有话当面不说，偏忍笑回房写字条。字条上有各种议论，还有附庸风雅的饮酒诗。如今兄、弟一生离一死别。哥哥远在异城，倒是不时打越洋电话来，声音比本市还清楚。

海淀莲花白，有粉红淡绿两种颜色，味极醇远。在清华读书时，曾和要好的同学在校园中夜饮。酒从燕京东门外常三小馆买来。两人坐在生物馆高台阶上，望着馆前茂盛的灌木丛，丛中流过一条发亮的小溪。不远处是气象台，那时似乎很高。再往西就是圆明园了。莲花白的味道比杂果酒高明多了。我们细品美酒，作上下古今谈，自觉很是浪漫，对自己的浪漫色彩其实比对酒的兴趣大得多。若无那艳丽的酒，则说不上浪漫了。酒助了谈兴，谈话又成为佐酒的佳品。那时的谈话犀利而充满想象，若有录音，现在来听，必然有许多意外之处。这要好的同学现在是美国问题专家。清华诸友近来大都退化作老妪状，只有她还勇往直前，但也绝不饮酒了。

另一次印象深刻的饮酒经验是在一九五九年，当时我下放农村劳动锻炼。一年期满回京时，公社饯行，喝的是高粱酒，白的，清水一般，度数却高。到农村确实增长了见识，很有益处，但若说长期留下改造，怕是谁也不愿意。那时，“不做一阵子，要做一辈子”农民的壮志尚未时兴。饯行宴肯定我们能回京，使人如释重负；何况还带有公社赠送的大红锦旗，写着“上游干将，为民造福”，证明了我们改造的成绩。在高兴中，每人又有这一年不尽相同的经历和感受，喝起酒来，味道复杂多了。

公社干部豪爽热情，轮番敬酒。一般送行的题目喝过，便搬出至高无上的题目来，“为毛主席干杯！”大家都奋勇喝下。我则从开始就把酒吐在手绢上，已经换过若干条，难乎为继了。到为这题目干过几次杯后，只好逃席。逃到住房，紧跟着追来一批人，举杯高呼：“为毛主席健康……”话音未落，我忍不住哇的一声呕吐起来。幸好那时距“文革”尚远，没有人上纲，不然恐怕北京也不得回了。

我们的队伍中醉倒几条好汉，躺在炕上沉沉睡去。公社书记关心地来视察，张罗做醒酒汤。那次饮酒颇有真刀真枪之感，现在想来犹觉豪迈。

酒是有不同喝法的。

据说一位词人有句云："明日重携残酒，来寻陌上花钿。"君主见了一笑，说，何必携残酒？提笔改作"明日重扶残醉，来寻陌上花钿"，果然清灵多了。这是因为皇帝不在乎残酒，那词人就显出知识分子的寒酸气了。

寒酸的知识分子，免不了操持柴米油盐。先勿论酒，且说吃饭，这真是大题目。有时开不出饭来对付一家老小，便搬出方便面。所以我到处歌颂方便面，认为其发明者的大智慧不下于酒的发明者。后来知道方便面主乃一日籍之华人，已得过日本饮食业的大奖，颇觉安慰。

到我的工作单位去上班时，午餐便是一包方便面。几个人围坐进食，我总要称赞方便面不只方便，而且好吃。"我就爱吃方便面。"我边吃边说。

"那是因为你不常吃。"一位同事笑笑，不客气地说。

我愕然。

此文若在一九八七年底交卷，到这里会得出结论云，人需要方便面，酒则可有可无。再告一番煞风景罪，便可结束了。但拖延至今，便有他望。

一九八八年开始，我们吃了约十天的方便面，才知道无论什锦大虾何等名目的作料，放入面中，其效果都差不多。

“因为你不常吃”的话很有道理。常吃的结果是，所需量日渐减少。无怪嫦娥耐不住乌鸦炸酱面，奔往月宫去饮桂花酒了。

人生需要方便面充饥，也需要酒的品赏。

什么时候，我要好好饮一次黄酒。

1988年1月

风庐茶事

茶在中国文化中占特殊地位，形成茶文化。不仅饮食，且及风俗，可以写出几车书来。但茶在风庐，并不走红，不为所化者大有人在。

老父一生与书为伴，照说书桌上该摆一个茶杯。可能因读书、著书太专心，不及其他，以前常常一天滴水不进，有朋友指出“喝的液体太少”。他对茶始终也没有品出什么味儿来，茶杯里无论是碧螺春还是三级茶叶末，一律说好，使我这照管供应的人颇为扫兴。这几年遵照各方意见，上午工作时喝一点淡茶。一小瓶茶叶，终久不灭，堪称节约模范。有时还要在水中夹带药物，茶也就退避三舍了。

外子仲擅长坐功，若无杂事相扰，一天可坐上十二小时，照说也该以茶为伴。但他对茶不仅漠然，更且敌视，说“一喝茶鼻子就堵住”，天下哪有这样的逻辑！真把我和女儿笑岔了气，险些儿当场送命。

女儿是现代少女，喜欢什么七喜、雪碧之类的汽水，可口又可乐。除在我杯中喝几口茶外，没有认真的体验。或许以后能够欣赏，也未可知，属于“可教育的子女”。近来我有切身体会，正好用作宣传材料。

前两个月在美国大峡谷，有一天游览谷底的科罗拉多河，坐橡皮筏子，穿过大理石谷，那风光就不用说了。天很热，两边高耸入云的峭壁也遮不住太阳。船在谷中转了几个弯，大家都燥渴难当。“谁要喝点什么?”掌舵的人问，随即用绳子从水中拖上一个大兜，满装各种易拉罐，熟练地抛给大家，好不浪漫！于是都一罐又一罐地喝了起来。不料这东西越喝越渴，到中午时，大多数人都不再接受抛掷，而是起身自取纸杯，去饮放在船头的冷水了。

要是有杯茶多好！坐在滚烫的沙岸上时，我忽然想，马上又联想到《孽海花》中的女主角傅彩云做公使夫人时，参加一次游园会，各使节夫人都要布置一个点，让人参观。彩云布置了一个茶摊。游人走累了，玩倦了，可以饮一盏茶，小憩片刻。结果茶摊大受欢迎，得了冠军，摆茶摊的自然也大出风头。想不到我们的茶文化，泽及一位风流女子，由这位女子一搬弄，还可稍稍满足我们民族的自尊心。

但是茶在风庐，还是和者寡，只有我这一个“群众”。虽然孤立，却是忠实，从清晨到晚餐前都离不开茶。以前上班时，经过长途跋涉，好容易到办公室，已经像只打败了的鸡。只要有一盏浓茶，便又抖擞起来。所以我对茶常有从功利出发的感激之情。如今坐在家里，成为名副其实的“两个小人在土上”的“坐”家，早餐后也必须泡一杯茶。有时天不佑我，一上午也喝不上一口，搁在那儿也是精神支援。

至于喝什么茶，我很想讲究，却总做不到。云南有一种雪山茶，白色的，秀长的细叶，透着草香，产自半山白雪半山杜鹃花的玉龙雪山。离开昆明后，再也没有见过，成为梦中一品了。有一阵很喜欢碧螺春，毛茸茸的小叶，看着便特别，茶色碧莹莹的。喝起来有点像《小五义》中那位壮士对茶的形容，香喷喷的，甜丝丝的，苦因因的。这几年不知何故，芳踪隐匿，无处寻觅。别的茶像珠兰茉莉大方六安之类，要记住什么味道归在谁名下也颇费心思。有时想优待自己，特备一小罐，装点龙井什么的。因为瓶瓶罐罐太多，常常弄混，便只好摸着什么是什么。一次为一位素来敬爱的友人特找出东洋学子赠送的“清茶”，以为经过茶道台面的，必为佳品。谁知其味甚淡，很不合我们的口味。生活中各种阴错阳差的事随处可见，茶者细枝末节，实在算不了什么。这样一想，更懒得去讲究了。

妙玉对茶曾有妙论，一杯曰品，二杯曰解渴，三杯就是饮驴了。茶有冠心苏合丸的作用，那时可能尚不明确。饮茶要谛应在那只限一杯的“品”，从咂摸滋味中蔓延出一种气氛。成为“文化”，成为“道”，都少不了气氛，少不了一种捕捉不着的东西，而那捕捉不着，又是从实际中来的。

若要捕捉那捕捉不着的东西，需要富余的时间和悠闲的心境，这两者我都处于“第三世界”，所以也就无话可说了。

1990 年 2 月

从“粥疗”说起

我从小多病，以这多病之身居然维持过了花甲，而且还在继续维持下去，也算不简单。二十世纪六十年代后期，随着“文化大革命”这场大灾难，我也得了一场重病。年代久了，记忆便淡漠，似乎已和旁人平等了。可能是为了提醒吧，前年底，经历了父丧之痛之后，又是一次重病，成了遐迩闻名的大病号。

病中得到广泛而深厚的关心，让我有点飘飘然。有时卧床而“飘”，飘着飘着，想起二十多年前，我的夫弟——俗称小叔子的，他们只有兄弟二人，不必说明第几位——从上海寄了一本《粥疗法》，是本薄薄的旧书，好像还是古籍出版社一类的地方出版的。书中极称粥食之妙，还介绍了许多食粥之法。有的很普通，如山药粥、百合粥、莲子粥等，不必查书，我也曾奉食老父。有用肉类制作的，就比较复杂。无论繁简，都注明各有所治，“粥效”可谓大焉。不过此书的命运同我家多数小册子一样，在乃兄的管理下，不久就不见踪影，又是“只在此山中，云深不知处”了。

后来又听朋友说，还有一种书，题名为《一百种粥》，所记粥事甚详。可见“粥”在出版界颇不寂寞。

病中不能出门，只在房中行走。体力恢复到能东翻西翻时，偶见陆游有一首食粥诗：“世人个个学长年，不悟长年在目前。我得宛丘平易法，只将食粥致神仙。”再一研究，写《宛丘集》的张耒，更有一篇《粥记赠邠老》，文字不长，兹录如下：

> 张安定每晨起，食粥一大碗，空腹胃虚，谷气便作，所补不细，又极柔腻，与肠腑相得，最为饮食之良。妙齐和尚说山中僧，每将旦一粥，甚系利害，如或不食，则终日觉脏腑燥渴，盖能畅胃气，生津液也。今劝人每日食粥，以为养生之要，必大笑。大抵养性命，求安乐，亦无深远难知之事，正在寝食之间耳。

这位张耒是自称“吾苏学士徒也”的，如此再作推理，原来东坡也嗜粥。他说：

> 夜饥甚，吴子野劝食白粥，云能推陈致新，利膈益胃。粥既快美，粥后一觉，妙不可言。

看来宋代便有不少大名士深知粥理。想想我曾那样不重视粥疗，不觉自叹所知太少。

南方人似乎喜吃泡饭胜于粥。幼时在昆明，一度住在梅家，曾和小弟还有从小到大的友伴和同窗梅祖芬三人一起偷吃剩饭。那天的饭是用云南特产的一种香稻做的，用开水泡一下，还有什么人送来自制的腐乳，我们每人都吃了两三碗，直吃到再也咽不下，终于胃痛得起不了床。梅伯母不知缘故，见三人一起不适，甚感惊慌。好在服用酵母片后，个个痊愈。梅伯母现已年近百岁，对于一起胃痛的奥妙，还是不甚了然。当时若吃的不是泡饭而是粥，谅不至于胃痛。

一九五九年下放在桑干河畔，那里习惯用玉米楂子煮干饭，称为“格仁粥”，煮成稀饭，则称“格仁稀粥”。我印象中稀粥比名为粥的干饭容易下咽多了。房东大娘把炒过的玉米、小米和豆类碾碎，煮成粥状，也笼统称为粥。下放回来后，大娘还托人带来一小口袋这种粥的原料，试者无不说好。但若吃久了，这些粥都比不上白米粥。只是大米在北方农村不多，米粥也就难得了。

有一阵子以为广东粥很好。记得那年夜游洛杉矶，午夜到一小吃店吃鱼片粥，只那端上来时的热气腾腾便赶走一半夜寒。碗中隐约现出嫩绿的葱花，浅黄的花生碎粒，略一搅动，翻起雪白的鱼片，喝下去不只暖适而且美味。回来每每念及“广东粥”，或外购或内制，总到不了那个水平。这也许和当时的身体情况以及环境有关。

陆游还有一首诗云：“粥香可爱贫方觉，睡味无穷老始知。要识放翁真受用，大冠长剑只成痴。”食粥的根本道理在于自甘淡泊。淡泊才能养生，身体上精神上都一样。所以鱼呀肉的花样粥，总不如白米粥为好。白米粥必须用好米，籼米绝熬不出那香味来。而且必须黏润适度，过稠过稀都不行，还要有适当的小菜佐粥。小菜因人而异，贾母点的是炸野鸡块子，“咸浸浸的好下稀饭”。我则以为用少加香油白糖的桂林腐乳，或以落花生去壳衣，蘸好酱油和粥而食，天下至味。

不知当初东坡食白粥，用的什么小菜。

1992年元月初

京西小巷槐树街

这是一条长不足百米的胡同，两侧皆植槐树，掩映着一个个小宅院。名为槐树街，可谓名副其实。这一带街道，再没有种槐树的，若寻槐树街，认准槐树便是。

可能因为短小，人们说到它时，加之以“儿”——槐树街儿，似乎很亲热。树荫后面人家，经过许多变迁了，门前高台阶大都破旧不堪，双扇院门上的对联字迹模糊，很难辨认。有些双扇门已改为房门一样单扇门了，开在胡同里，有点不伦不类。但那门前歪斜的台阶，门上剥落的字迹，以及两行槐树，仍然像北京的数千条胡同一样，给人一种遥远的、宁静的气氛。

这个居民点总称成府，位于北大和清华之间。以前的燕京和清华，现在的北大和清华，都有教职工住在这里。

一个黄昏，我站在槐树街口，目的是看一看槐树街十号。

找到十号。门洞窄小，房子没有格局，直觉地感到不对。一个人出来说，原来的十号改为九号了，请到隔壁。

隔壁有几层台阶，门扇依然完好，若油漆一下，还是很像样的。经过仔细辨认，认清了门上的字，“中心育物，和气生春”。

我不记得这副对联。

进门向右，穿过一个小夹道，眼前豁然开朗，这是一个真正的四合院，正门朝北，垂花门开在西侧，正房对面建有南房。四面房屋都很整齐，木格窗，正房还有雕花。

院中几个人在闲坐，拿着蒲扇。旁边一棵石榴，正开着火红的花朵。正房前搭葡萄架，翠绿的叶子垂下来。多少年不见这样的院子了！

“这是我的出生地，就在这北房里。”寒暄后说明来意。

他们大概是东厢房的住户，很殷勤，却没有邀我进房去参观。只问：“走了多少年了？出国了吧？”

其实我出生后两个月，随父母迁到清华。转了几十年，并没有转出北大清华这一带，很觉惭愧，只好含糊应了一句。

“我们是北大的职工，这房子属北大，新十号属清华。”他们介绍，“现在这院子住了八家。”

四面房屋前都搭了小棚屋，还停着一辆平板车，上有玻璃罩，写着“米酒”。

“是第二职业了？”我笑问。他们说是邻居的，当然是业余的。

告辞时主人说欢迎常来。我知道我不会常来。

出了门，见斜对过有彩灯一闪一闪，原来是开了一家冷饮小店。记得邻近的蒋家胡同有一间常三酒馆，当年是燕京学生们谈心的好地方，专营海淀莲花白，那酒有的粉红，有的青绿。后来酒馆改为门市部，专营全世界到处买得到的东西。走过时张望了一下，心中诧异，怎么没有听说常三酒馆要重新开张。

走过新建的砖房，简直说不出是什么式样。两墙之间有一条极窄小的胡同，仅容一人行走，通过去不知是哪里。墙上挂着崭新的牌子“新胡同”，也是名副其实。

一阵清脆的笑声，从新胡同跑出几个女孩子。她们是要跳房子还是跳皮筋？我站住等着。她们不跳什么，笑着跑远了，把笑声留在胡同里。

1993年6月5日

风庐乐忆

清华园乙所曾是我的家。它位于园内一片树林之中。小时候觉得林子深远茂密，绿得无边无涯，走在里面，像是穿过一个梦境。抗战时在昆明，对北平的怀念里，总有这片林子。及至胜利后，再住进乙所，却发现这林子不大，几步便到边界，也没有回忆中的丰富色彩。

复员后的一年夏天，有人在林中播放音乐，大概是所谓的音乐茶座吧。凭窗而立，音乐像是从绿色中涌出来，把乙所包围了，也把我包围了。常听到的有舒伯特的《未完成交响曲》，这是很少的我记得旋律的乐曲之一。还有贝多芬的《田园》，莫扎特的弦乐四重奏，柴可夫斯基的《悲怆》等。

每当音乐响起时，小树林似乎扩大了，绿色显得分外滋润，我又有了儿时往一个梦境深处飘去的感觉。

清华音乐室很活跃，学生里音乐爱好者很多。学余乐手颇不乏人，还出了些音乐专业人才。我是不入流的，只是个不大忠实的听众而已。因为自己有的唱片很有限，常和同学一起到美国教授温德先生家听音乐。温德先生教我们英诗和莎士比亚，又深谙古典音乐。他没有家室，以文学和音乐为伴。在他那里听了许多经典名作，用的大都是七十八转唱片。每次换唱片，他都用一个圆形的软刷子把唱片轻刷一遍，同时讲解几句。他不是上课，不想灌输什么。现在大家都不记得他讲什么，却记得他最不喜欢柴可夫斯基，认为柴可夫斯基太感伤。有一次听肖邦，我坐在屋外台阶上，月光透过掩映的花木照下来。我忽然觉得肖邦很有些中国味道。后从《傅雷家书》中得知确实中国人适合弹肖邦。有很长一段时间，我最偏爱肖邦。

以后在风庐里住的约四十年中，听音乐的机会随客观情况的变化而忽少忽多，只是再没有固定的音乐活动了，也没有人义务为大家换唱片了。最后一次见到温德是在北大校医院楼梯口，他当时已一百岁，坐在轮椅上，盖着一条毯子。我忙趋前问候。他用英语说："他们不让我出去！告诉他们，我要出去，到外面去！"我找到护士说情。一位说，下雨呢，他不能出去。又一位说，就是不下雨，也不能去。我只好回来婉转解释，他看住我，眼神十分悲哀。我不忍看，慌忙告别下楼去，一路蒙蒙细雨中，我偏偏仿佛听到柴可夫斯基《第六交响曲》中那段最哀伤的曲调。温德先生听见了什么，我无法问他。

这几年稳定，便成为愈来愈忠实的听者，海淀这边有音乐会时，常偕外子前往。好几次见满场中只有我两人发染银霜，也不觉得杂在后生群中有什么不妥。有一次中央乐团先演奏一个现代派的名作，休息后演奏贝多芬的《第七交响曲》，在饱受奇怪音响的磨难之后，觉得《第七交响曲》真好听！它是这样活泼而和谐，用一句旧话形容，让人全身三万六千个毛孔都通开了。又一次有一位苏联女钢琴家来演奏拉赫玛尼诺夫《第二钢琴协奏曲》，于是满怀热望到场，谁知她的演奏十分苍白无力。我却也不沮丧，总算当场听过一次了。在海淀听过几次肖斯塔科维奇，发现他是那样深刻，和我们的心灵深处很贴近很贴近。一九九一年严冬，我刚结束差不多一年病榻生活，还曾不顾家人反对，远征到北京音乐厅听莫扎特的《安魂曲》。记得刚一看见“莫扎特”这几个字，便感到安慰。

严肃音乐不景气，音乐会少多了。要听音乐，当然还是该自己拥有设备。我毫无这方面的志向，只是书已够我对付，够我“恨”了，怎受得了再加上磁带、唱片、CD什么的。我憧憬的是家徒四壁，想看书到图书馆，想听音乐一按收音机。许多国家有专播古典音乐的电台，我希望我们在这一点能赶上，不必二十四小时，八小时也够了，可不能安排在夜里。

现代音乐理论家黎青主曾说音乐是“上界的语言”，并引马丁·路德的诗句：“谁从事音乐就是有了一份上界的职业。”他自己解释说，意即音乐是灵魂的语言，是灵界的一种世界语言。音乐在诸门艺术中确是最直接诉诸灵魂的，是没有国界的。对“上界的语言”这话，我还想到两层意思，一是可以用来形容音乐的美，另一层意思我用一句话来表达，那就是，能听一点音乐的人有福了。

1993年11月

药杯里的莫扎特

一间斗室，长不过五步，宽不过三步，这是一个病人的天地。这天地够宽了，若死了，只需要一个盒子。我住在这里，每天第一要事是“烤电”，在一间黑屋子里，听凭医生和技师用铅块摆出阵势，引导放射线通行。是曰“摆位”。听医生们议论着铅块该往上一点或往下一点，便总觉得自己不大像个人，而像是什么物件。

精神渐好一些时，安排了第二要事：听音乐。我素好音乐，喜欢听，也喜欢唱，但总未能登堂入室。唱起来以跑调为能事，常被家人讥笑。好在这些年唱不动了，大家落得耳根清净。听起来耳朵又不高明，一支曲子，听好几遍也不一定记住，和我早年读书时的过目不忘差得远了。但我却是忠实，若哪天不听一点音乐，就似乎少了些什么。在病室里，两盘莫扎特音乐的磁带是我亲密的朋友，使我忘记种种不适，忘记孤独，甚至觉得斗室中天地很宽，生活很美好。

三小时的音乐包括三个最后的交响乐《第三十九交响曲》《第四十交响曲》《第四十一交响曲》，还有钢琴协奏曲、提琴协奏曲、单簧管协奏曲等的片段。《第四十交响曲》的开始，像一双灵巧的手，轻拭着听者心上的尘垢，然后给你和着淡淡哀愁的温柔。《第四十一交响曲》素以宏伟著称，我却在乐曲中听出一些洒脱来。他所有的音乐都在说，你会好的。

会吗？将来的事谁也难说。不过除了这疗那疗以外，我还有音乐。它给我安慰，给我支持。

终于出院了，回到离开了几个月的家中，坐下来，便要求听一听音响，那声音到底和用耳机是不同的。莫扎特《第二十一钢琴协奏曲》的第二乐章，提琴组齐奏的那一段悠长美妙的旋律简直像从天外飘落。我觉得自己似乎已溶化在乐曲间，不知身在何处。第二乐章快结尾时，一段简单的下行的乐音，似乎有些不得已，却又是十分明亮，带着春水春山的妩媚，把整个世界都浸透了。没有人真的听见过仙乐，我想莫扎特的音乐胜过仙乐。

别的乐圣们的音乐也很了不起，但都是人间的音乐。贝多芬当然伟大，他把人间的情与理都占尽了，于感动震撼之余，有时会觉得太沉重。好几个朋友都说，在遭遇到不幸时，柴可夫斯基是不能听的，本来就难过，再多些伤心又何必呢。莫扎特可以说是超越了人间的痛苦和烦恼，给人的是几乎透明的纯净，充满了灵气和仙气，用欢乐、快乐的字眼不足以表达。他的音乐是诉诸心灵的，有着无比的真挚和天真烂漫，是蕴藏着信心和希望的对生命的讴歌。

在死亡的门槛边打过来回的人会格外欣赏莫扎特，膜拜莫扎特。他自己受了那么多苦，但他的精神一点没有委顿。他贫病交加，以致穷死，饿死，而他的音乐始终这样丰满辉煌，他把人间的苦难踏在脚下，用音乐的甘霖润泽着所有病痛的身躯和病痛的心灵。他的音乐是真正的“上界的语言”。

虽然时代不同，文化背景不同，专业不同，莫扎特在音乐领域中全能冠军的地位有些像我国文坛上的苏东坡。莫扎特在短促的人生旅程中写出了交响乐、协奏曲、独奏曲、歌剧等许多伟大作品。音乐创作中几乎什么都和他有关，近来还考证出他是摇滚乐的祖师爷。苏东坡在宦游之余写出了诗词文赋等各种体裁的作品，始终是未经册封的文坛盟主。他们都带有仙气，所以后人称东坡为坡仙，传说中八仙过海时来了九朵莲花，第九朵是接东坡的，但他没有去。莫扎特生活在十八世纪，世界已经脱离了传说，也少有想象的光彩了，我却愿意称他为“莫仙”。就个人生活来说，东坡晚年屡遭贬谪直到蛮荒之地。但他在流放的过程中，始终有家人陪伴，侍妾王朝云为侍奉他而埋骨惠州。莫扎特不同，重病时也没有家人的关心，但是他不孤独，他有音乐。(比较起来，中国女子多么伟大!)

回家以后的日子里，主要内容仍是服药。最兴师动众且大张旗鼓的是服中药。我手捧药杯喝那苦汁时，下药（不是下酒）的是音乐。似乎边听音乐边服药，药的苦味也轻多了。听的曲目较广，贝多芬、柴可夫斯基、肖邦、拉赫玛尼诺夫等，还有各种歌剧，都曾助我一口（不是一臂）之力。便是服药中听勃拉姆斯，发现他的《第一交响曲》很好听。但听得最多的，还是莫扎特。

热气从药杯里冉冉升起，音乐在房间里回绕。面对伟大的艺术创造者们，我心中充满了感激。我觉得自己真是幸运而有福气，生在这样美好的艺术已经完成之后——而且，在我对时间有了一点自主权时，还没有完全变成聋子。

1994年1月

从近视眼到远视眼

经过不到半小时的手术，我从近视眼一变而为远视眼。这是今年六月间的事。

我的眼睛近视由来已久。八九岁时看林译《块肉余生述》，暮色渐浓，还不肯放，现在还记得“大野沉沉如墨”的句子。抗战期间的菜油灯更是培养近视眼的好工具。五十几年，脸上从未脱离眼镜，老来患白内障，眼前更是一片迷茫，戴不戴眼镜也没有什么区别了。“老年花似雾中看”，我以为这也是人必然要经过的“老”的滋味。

可是人太可尊敬了，太伟大了，能够修理自己，让自己重又处在明亮绚丽的世界中。手术后我透过眼罩的缝隙看到地上有许多花纹，还以为眼睛出了毛病，一问才知道病房里的地板本来就有花纹，只是我原来看不见。因为感到明亮，以为房间里换了电灯泡，其实也是自己的眼睛在作怪。取下眼罩时，我先看见横过窗前的树枝，每片叶子是那样清楚，医院门前的一树马缨花，原来由家人介绍过，现在也看到了颜色。近年来我看人都只见一个轮廓，这时眼前的医生有了眉眼，我不由得欢喜地对大夫说：“我看见你了。”

本是最亲近的家人，这些年也是模糊的。现在看到老伴的头顶只剩下不多的头发，女儿的脸上已添了几道皱纹。我猛然觉得生活是这样实在，这样暖热，因为我看到了。

病房走廊外面，是那座尼泊尔式的白塔。以前我知道那里有这座塔，家人指着说：“看呀，看呀，就在眼前。”我看不见。因为习惯了由别人代看，也不觉得懊恼。这时我特地到窗前去看，原来那塔很近，很大，很白，由蓝天衬着，看上去有几分俏皮，不是中国塔的风格。我在这塔的旁边从近视眼变成远视眼，它应该是我的朋友。

因为高度近视，将白内障取出后，不放人工晶体。结果是两眼各有几百度的远视，成了远视眼。我看不清东西时，习惯地把它拿近，反而更看不清，倒是远处的东西较清楚。虽不能像正常人，我已经很满足了。我们回家，进了西门，经过大片荷塘时，见朵朵红荷正在盛开，花瓣的线条都显得那样精神。露珠在荷叶上滚动，我几乎想走下车去摸一摸。

燕南园好几栋房屋换过房顶，我第一次看清一层层的瓦。走进家门，院中的荒草好像在打招呼，说："看看我们，早该收拾了。"我本以为我的住处很整洁，却原来只是一种幻象。现在看到的是有裂纹和水迹的房顶，白粉剥落的墙壁，还有油漆差不多褪尽的地板。而且这里那里的角落，都积有灰尘。

我看着窗外一只灰尾巴喜鹊坐在丁香的一段枯枝上，它飞走了，又一只黑尾巴喜鹊飞来。这两种喜鹊是两个家庭，"文化大革命"前就居住在这里，"文革"时鸟儿也逃难，后来迁回。这几年，鸟丁兴旺，我只听见闹喳喳，这时看得清楚，恍如旧友重逢。它们似乎也在问我："嘿，你怎样了？"

我们素来阴暗的房间增加了亮度，我在镜中看到了自己，我有很长时间没有"自知之明"了。我相信通过爱心而做出的描述，总之是不显老。现在我看清了自己的额前沟壑，眼下丘陵。忽然想到了"不许人间见白头"这句话。看来，近视眼也有好处，让人不知道老态的存在。

我去医院复查，沿路大声念着街旁店铺的招牌："看，这个馆子叫湘菩提。""哦！这儿还有鱼翅宴。"司机很觉莫名其妙。他哪里知道看得见的快乐。

七月六日我们去游览白塔寺，也拜访我的朋友——那座白塔。这天下着小雨，家人说，他们来来去去看见正门是不开的。我们打着伞走过去，却见正门洞开，门不高大，有七七四十九颗门钉在微雨中闪闪发亮。我们走进去，见院中有一个新铸的鼎，为西城区金融界所献，鼎上有一条彩色的龙。这鼎似乎与佛法较远。前面的殿正举行万佛艺术展，因为离得近，我反而看不清每个塑像的姿态面目。正殿供奉据说是三世佛，居中是释迦牟尼不成问题，两旁是阿弥陀佛和药师佛。我有些疑惑，觉得在别处看到的未来佛和过去佛好像不是这两位。我们走到白塔下面，塔身高五十一丈，只能看见底座，又据说转塔一周可以祈福消灾。这时一位游人——我们之外唯一的游客，她对我们说："白塔寺正门从今天起正式开放，今天是阴历五月二十三日，好像和观音菩萨有什么关系。我们是第一批走进第一次开的正门，真是有福气。"我们绕塔一周，在塔后看到四株古老的楸树，不知有多少年了。我想如果世上真有福气，它应该属于驱逐病魔的医生们。他们使人的生命延长，他们使人离开黑暗，其实是他们给了病人福气。作为医学界代表的药师佛怎么能是过去佛呢，他应该属于未来。

医学是科学的一部分。我默默念诵，科学真是了不起！人类真是了不起！有了科学才有各种治疗，有了人的智慧才有科学。人类智慧的一大特点是有想象力，这样才能创造。千万不要扼杀想象力！人类另一个特点是能积累经验，在积累的经验上才能求得进步。不知多少治疗的经验，才捧出一双双明亮的眼睛。经验是最可宝贵的，怎能忘记！

最初的喜悦过去了。因两眼视力不平衡，我看到的世界不很端正，楼房、车辆都有些像卡通。想想也很有趣，是近视眼时，常常要犯错误。作为眼疾患者的日子，更是过得糊里糊涂。成为远视眼，又看不清近处的事。希望能逐渐得到调整，若是能够，也许日子会过得清醒些。

牛顿在他七十岁的时候，人问他得到了什么，他答道："不过在人生的海滩上拾到了一些蚌与螺。"我总觉得这句话很美，美得让我感动。

我已迈过了七十岁。回头一看，我拾到的不过是极小的石粒。如果我有一双较正常的眼睛，又不是那么糊涂，我还会多拾几颗小石粒，虽然它们很平凡，虽然它们终究都是要漏去的。

1999 年 7 月下旬

乐　书

多年以前，读过一首《四时读书乐》，现在只记得四句："读书之乐乐何如？绿满窗前草不除。""读书之乐乐无穷，瑶琴一曲来熏风。"这是春夏的情景，也是读书的乐境。"绿满窗前草不除"一句，是形容生机盎然的自由自在的情趣。"瑶琴一曲来熏风"一句，是形容炎炎夏日中书会给人一个清凉世界。这种乐境只有在读书时才会有。

作者写书总是把他这个人最有价值的一面放进书里，他在写书的时候，对自己已经进行了过滤。经常读书，接触的都是别人的精华。读书本身就是一件聪明的事，也是一件快乐的事。陶渊明说："每有会意，便欣然忘食。"金圣叹读到

《西厢记》“不睬人待怎生”一句，感动得三日卧床不食不语。这都是读书的至高境界。这不只是书本身的力量，也需要读者的会心。

我不是一个做学问的读书人，读书缺少严谨的计划，常是兴之所至。虽然不够正规，也算和书打了几十年交道。我想，读书有一个“分—合—分”的过程。

“分”就是要把各种书区分开来，也就是要有一个选择的过程。现在书出得极多，有人形容，写书的比读书的还多，简直成了灾。我看见那些装帧精美的书，总想着又有几棵树冤枉地献身了。“开卷有益”可以说是一句完全过时的话，千万不要让那些假冒伪劣的“精神产品”侵蚀。即便是列入必读书目的，也要经过自己慎重选择。有些书评简直就是一种误导，名实不符者极多，名实相悖者也有。当然可读的书更多。总的说来，有的书可精读，有的书可泛读，有的书浏览一下即可。美国教授老温德告诉我，他常用一种“对角线读书法”，即从一页的左上角一眼看到右下角。这种读书法对现在的横排本也很适用。不同的读法可以有不同的收获，最重要的是读好书，读那些经过时间圈点的书。

书经过区分，选好了，读时就要“合”。古人说“读书得间”，就是要在字里行间得到弦外之音，象外之旨，得到言语传达不尽的意思。朱熹说读书要“涵泳玩索，久之当自有见”，涵泳是在水中潜行，也就是说必须入水，与水相合，才能了解水，得到滋养润泽。王国维谈读书三境界，第三种境界是“蓦然回首，那人却在，灯火阑珊处”，这种豁然贯通，便是一种会心。在那一刻，读者必觉作者是他的代言人，想到他所不能想的，说了他所不会说不敢说的，三万六千毛孔都张开来，好不畅快。

古时有人自外面回家，有了很大变化，人们便议论，说他不是遇见了奇人，就是遇见了奇书。书对人的影响是非常大的。不过要使书真的为自己所用，就要从“合”中跳出来，再有一次“分”，把书中的理和自己掌握的理参照而行。虽然自己的理不断受书中的理影响，却总能用自己的理去衡量、判断、实践。用现在的话说就是活学活用，用文一点的话说，就叫作“六经注我”。读书到这般地步，不只有乐，而且有成矣。

其实，这些都是废话，每个人有自己的读书法，平常读书不一定都想得那么多，随意翻阅也是一种快乐。我从小喜欢看书，所以得了一双高度近视眼。小时候家里人形容我一看书就要吃东西，一吃东西就要看书，可见不是个正襟危坐的学者，最多沾染了些书呆气，或美其名曰书卷气。因为从小在书堆中长大，磕头碰脑都是书，有一阵子很为其困扰，曾写了《恨书》《卖书》等文，颇引关注。后来把这些朋友都安排到妥当或不甚妥当的去处，却又觉得很为想念，眼皮子底下少了这一箱那一柜或索性乱堆着的书，确实失去了很多。原来走到房屋的每一个角落，都可以接触到各种宏论，感受到各种情感，这里那里还不时会冒出一个个小故事。虽然足不出户，书把我的生活从时空上都拓展了。因为思念，曾想写一篇《忆书》，也只是想想而已。近几年来眼疾发展，几乎不能视物，和书也久违了。幸好科学发达，经治疗后，忽然又看见了世界，也看见经过整顿后书柜里的书。我拿起几部特别喜爱的线装书抚摸着，一部《东坡乐府》，一部《李义山诗集》，一部《世说新语》。还有一部《温飞卿诗集》，字特别大，我随手翻到“捣麝成尘香不灭，拗莲作寸丝难绝”，不觉一惊——现在哪里还有这样的真诚和执着呢？

寒暑交替，我们的忙总无变化，忙着做各种有意义和无意义的事。我和老伴现在最大的快乐就是每晚在一起读书，其实是他念给我听。朋友们称赞他的声音厚实有力，我通过这声音得到书的内容，更觉得丰富。书房中有一副对联：“把酒时看剑，焚香夜读书。”我们也焚香，不过不是龙涎香、鸡舌香，而是最普通的蚊香，以免蚊虫骚扰。古人焚香或也有这个用处？

四时读书乐，另两时记不得了。乃另诌了两句，曰：“读书之乐何处寻？秋水文章不染尘。”“读书之乐乐融融，冰雪聪明一卷中。”聊充结尾。

1999年8月上旬时炎夏已渐去矣

那祥云缭绕的地方

——记清华大学图书馆

图书馆，在一座大学里，永远是很重要的，教师在这里钻研学问，学子在这里发奋学习，任何的学术成就都是和图书馆分不开的。

我结识清华图书馆是从襁褓中开始的。我出生两个月，父亲执教清华，全家移居清华园。母亲在园中来去，少不得抱着我，或用婴儿车推着我。从那时，我便看见了清华图书馆。我想，最初我还不会知道那是什么。渐渐地，能认识那是一座大建筑。在上幼稚园时就知道那是图书馆了。

图书馆外面的石阶很高，里面的屋顶也很高，一进门便有一种肃穆的气氛。说来惭愧，对于孩子们，它竟是一个好玩的地方。不记得什么时候了，我第一次走进图书馆，父亲当时在楼下，向南的甬道里有一间朝东的房间，我和弟弟大概是跟着父亲走进来的。那房间很乱，堆满书籍文件，我不清楚那是办公室还是个人研究室，也许是兼而用之。每次去不能多停，我们本应立即出馆，但常做非法逗留，在房间外面玩。给我们的告诫是不准大声说话，于是我们的舌头不活动，腿却自由地活动。我们把朝南和朝西的甬道都走到头，甬道很黑，有些神秘，走在里面像是探险，有时我们去爬楼梯，跑到楼上再跑下来。我们还从楼下的饮水管中，吸满一口水，飞快地跑到楼梯顶往下吐，就听见水落地“啪”的一声，觉得真有趣。我们想笑却不敢笑，这样的活动从来没有被人发现。

上小学时学会骑车，有时由哥哥带着坐大梁，有时自己骑。当时校中人不多，路上清静，慢慢地骑着车左顾右盼很是惬意。我们从大礼堂东边绕过去，到图书馆前下车，走上台阶，再跑下来，再继续骑，算是过了一座桥。我们仰头再仰头，看这座“桥”和上面的楼顶。楼顶似乎紧接着天上的云彩。云彩大都简单，一两笔白色而已，但却使整个建筑显得丰富。多么高大，多么好看。这印象还留在我心底。

从外面看图书馆有东西两翼，东面的爬墙虎爬得很高，西面的窗外有一排紫荆树，那紫色很好看，可是我不喜欢紫荆，对于看不出花瓣的花朵我们很不以为然。有人说紫荆是清华的校花，如果真是这样，当然要刮目相看。

全面抗战开始，我们离开清华园，一去八年，对北平的思念其实是对清华园的思念。在清华园中长大的孩子对北平的印象不够丰富，而梦里塞满了树林、小路、荷塘和那一片包括大礼堂、工字厅等处的祥云缭绕的地方。胜利以后，我进入清华外文系学习，在家中虽然有一个小天地，图书馆是少不得要去的。我喜欢那大阅览室，这里是那样安静，每个人都在专心地读书。只有轻微的翻书页的声音。几个大字典架靠墙站着，字典永远是打开的，不时有人翻阅。我总是坐在最里面的一张桌上，因为出入都要走一段路，就可以让自己多坐一会儿。在那里看一些参考书，做各种作业。在家里写不出的作文，在图书馆里似乎是被那种气氛感染，很快便写出来。当然也有时在图书馆做功课不顺利，在家中自己的小天地里做得很快。

在这一段日子里，我惊异地发现图书馆变得越来越小，不像儿时印象中那样高大，但它仍是壮丽的，也常有一两笔白色的云依在楼顶。

四年级时，便要做毕业论文，可以进入书库。置身于书库中，真像是置身于一个智慧的海洋。还有那清华图书馆著名的玻璃地板，半透明的，让人觉得像是走在湖水上，也像是走在云彩上，真是祥云缭绕了。我的论文题目是托马斯·哈代的诗，本来我喜欢哈代的小说，后来发现他写诗也是大家，深刻而有感染力，便选了他的诗做论文题目。导师是美国教授温德。在书库里流连徜徉真是乐事，只是在当时火热的革命形势中，不很心安理得，觉得喜欢书库是一种落后的表现。直到以后很多年，经过时间的洗磨，又经过不断改造，我只记得曾以哈代为题做毕业论文，内容却记不起了。有一次，偶然读到卞之琳翻译的哈代的诗，竟惊奇哈代的诗原来这样好。

那时，图书馆里有教室。我选了邓以蛰的美学，便是在图书馆里授课，在哪间房间记不起了。这门课除我之外还有一个男生，邓先生却像有一百个听众似的，每次都做了充分准备，带了许多图片，为我们放幻灯。幻灯片里有许多名画和建筑，我在这里第一次看见蒙娜丽莎，可惜不记得邓先生的讲解了。这门课告诉我们，科学的顶尖是数学，艺术的顶尖是音乐。只是当时没有音响设备，课上没有听音乐。

父亲在图书馆楼下仍有一个房间，我有时去看看。常见隔壁的房门敞开着，哲学系学长唐稚松在里面读书，唐兄先学哲学又学数学，现在在“计算机科学与软件工程”方面有重大成就，享有国际声誉。我们在电话中谈起图书馆，谈起清华，都认为清华教我们自强、严谨，要有创造性，终身不能忘。

从清华图书馆里走出来的还有少年闻一多和青年曹禺。闻一多一九一二年入清华学堂，在清华学习九年，少不了要在图书馆读书。九年中他在课余写的旧体诗文自编为《古瓦集》，去年经整理后出版。可惜我目力太弱，已不能阅读，只能抚摸那典雅的蓝缎面，让想象飞翔在那一片彩云之上。

曹禺的第一部剧作《雷雨》是在清华图书馆里写成的。我想那文科的教育，外国文学的熏陶，那祥云缭绕的书库，无疑会影响着曹禺的成熟和发展。我们不能说清华给了我们一个曹禺，但我们可以说清华有助于万家宝成为曹禺。我想，演员若能扮演曹禺剧中人物，是一种幸运。他的台词几乎不用背，自然就会记得。“太阳出来了，黑暗留在后头，但是太阳不是我们的，我们要睡了。”上中学时，如果有人说一句“太阳出来了”，立刻会有人接上“黑暗留在后头”。“我的中国名字叫张乔治，外国名字叫乔治张”，短短两句话给了多么宽广的表演天地。也许这是外行话，但这是我的感受。

从图书馆走出的还有许多在各方面有成就的人，无论成就大小，贡献大小，都是促使社会进步的力量，想来在清华献出了毕生精力的教职员工都会感到安慰。

我已经把哈代忘了许多年。忽然有一天，清华图书馆韦老师告知我，清华图书馆中保存了我的毕业论文，这真是意外之喜。后知馆中还存有一九五〇级、一九五一级的部分论文。我即分告同班诸友，大家都很高兴。韦老师寄来了我的论文复印件，可翻译为《哈代诗歌中的必然观念》，厚厚的有二十七页。我拿到这一册东西，仿佛看见了五十年前的自己，全部文章是我自己打出来的，记得为打这篇论文，我特地学了英文打字。原来我是想写一本研究哈代的书，这论文不过是第一章。生活里是要不断地忘记许多事，不然会太沉重，忘得太多却也可惜。我在论文的序言中说，希望以后有时间真写出一本研究哈代的专著以完夙愿。这夙愿看来是完不成了。我已告别阅读，无法再读哈代，也无法读自己五十年前写的文字。我想，若是能读，也读不懂了。

今年夏天，目疾稍稳定，去清华参观新安排的“冯友兰文库”，顺便也到图书馆看看。大阅览室依旧，许多同学在埋头读书，安静极了。若是五年换一届学生，这里已换过十届了。岁月流逝，一届届学生的黑发变成银丝，但那自强不息的精神永在。

2001 年

云在青天

二〇一二年九月九日，我离开了北京大学燕南园，迁往北京郊区。我在燕南园居住了六十年。六十年真的很长，我从满头黑发的青年人变成发苍苍而视茫茫的老妪。可是回想起来也只是一转眼的工夫。六十年中的三十八年，我有父母可依。还有二十二年，是我自己的日子。在这里，在燕南园，我送走了母亲（一九七七年）和父亲（一九九〇年），也送走了夫君蔡仲德（二〇〇四年）。最后八年，陪伴着我的是花草树木。

九月间玉簪花正在怒放，小院里两行晶莹的白。满院里都飘浮着香气。我们把玉簪花称为五十七号的院花，花开时我总要摘几朵养在瓶里，便是满屋的香气。我还想挖几棵带到新居，但又想，今年天气已渐冷，不是移植的时候了。它们在甬路边静静地看着我离开，那香气随着我走了很远。

院里的三棵松树现在只剩两棵，其中一棵还是后来补种的。原有的一棵总是那么的枝繁叶茂，一层层枝干遮住屋檐的一角，我常觉得它保护着我们。这几年，只要我能走动，便在它周围走几步，抱一抱它。现在，我在它身边的时间越来越短，因为已不能久站。我离开的时候，特意走到它身旁拥抱它，向它告别。如果它开口讲话，我也不会奇怪。

北京大学哲学系主任王博和几位朋友来送我，我把房屋的钥匙交给王博。是他最早提出建立故居的想法。我再来时将是一个参观者。我看了一眼门前的竹子，摸了一下院门两旁小石狮子的头，上了车，向车窗外无目标地招手。

车开了，我没有回头。

决定搬家以后，我尽量找机会再去亲近一下燕园，最主要的当然是未名湖。湖北端的那条石鱼还在，在它的鳍背上缠绕着我儿时的梦。九岁那年，抗日战争全面爆发，我曾在燕园暂住，常来湖边玩耍，看望这条石鱼。七十多年过去了，我长大了，它还依旧。

现在湖北侧的四扇屏一带有几株腊梅，不过我很少看见它的花，以后也不会看见了。从这里向湖上望去，湖光塔影尽收眼底，对岸的花神庙和石桥也是绝妙的点缀。从几座红楼前向湖边走去时，先看见的是湖边低垂的杨柳和它后面明亮的水光。不由得想到“杨柳依依”这四个字。它柔软的枝条是这样婉转妩媚，真好像缠绕着无限的惜别之情。那“依依”两个字，真亏古人怎么想得出来！每次到这里，我总要让车子停住，看一会儿。

在燕园流连的时候，我总在想一件事，在我离开家的时候，正确地说是离开那座庭院的时候，我会不会哭。

车子驶出了燕南园，我没有回头，也没有哭。

有人奇怪，我怎么还会有搬家的兴致。也有朋友关心地一再劝说老年人不适合搬家。但这不是我能够考虑的问题。因为“三松堂”有它自己的道路。一九五二年院系调整，冯友兰先生从清华园乙所迁到北大燕南园五十四号。一九五七年开始住在五十七号。他在这里写出了他最后一部巨著《中国哲学史新编》。他在自传的《序言》中有几句话：“三松堂者，北京大学燕南园之一眷属宿舍也，余家寓此凡三十年矣。十年动乱殆将逐出，幸而得免。庭中有三松，抚而盘桓，较渊明犹多其二焉。”这是“三松堂”的得名由来。北京大学已经决定将“三松堂”建成冯友兰故居，以纪念这一段历史，并留下一个完整的古迹。这是十分恰当的，也是我求之不得的。我必须搬家，离开我住了六十年的地方。

搬家就需要整理东西，我眼看着凌乱的弃物，忽然觉得我很幸运，我在生前看到了死后的情景。“三松堂”内的书籍我已先后做了多次捐赠。父亲在世时，便将一套《百衲本二十四史》赠给家乡唐河县图书馆。父亲去世后，两三年间，我将藏书的大部分，包括《丛书集成》和《四部丛刊》等分批赠给清华大学思想文化研究所，他们设立了冯友兰文库，后转归历史系，两个大房间装满了一排排的书，能在里面徜徉必是一件乐事。现在做最后的清理，将父亲著作的各种版本和其他的书一千余册赠清华大学图书馆。我曾勉力翻检这批书，有些是我从未见过的，书名也没听说过。如有一本《佛国碧缘击节》，很大的一本书，装帧极好。我很想看一看内容，可是只能用手摸摸。清华大学图书馆很快建立了一间冯友兰纪念室，陈设这些书籍。河南南阳卧龙区档案馆行动较早，几年前便要去了书房、卧室的主要家具。唐河县冯友兰纪念馆建成后，我也赠予了少量家具和衣物等。还有父亲在世时为唐河县美学学会写的一幅字，可能这个组织后来没有成立，这幅字就留在家里。现在正好作为唐河县纪念馆的镇馆之宝。韩国檀国大学有教师在北大学习，知道要建冯友兰故居，便来联系，便也赠给他们几件什物和书籍。他们要在学校中辟出房间，专门摆放，以纪念冯友兰先生。

最主要的东西仍留在“三松堂”，包括照片、各种文稿（含少量手稿）、信件、字画、生活用品、摆件及书籍和家具，还有父亲写的几帧条幅。这里的东西有的并不止限于六十年，几个书柜是从上世纪三十年代便在清华园乙所摆放过的。多年不曾开过的抽屉里，有一叠信封，上印“昆明国立西南联合大学冯笺”，是父亲没有用完的信封。一个旧式的极朴素的座钟，每半小时敲打一次，夜里也负责任地报时。父亲不以为扰，如果哪天不响，反而会觉得少了什么。院中的石磨是母亲用来磨豆浆的，三年困难时期母亲想改善我们的生活，不知从哪里得来这个石磨，但实际没有磨出多少豆浆。这些东西，般般件件都有一个小故事。将来建成后的冯友兰故居，有他的内容在，有他的灵魂在。

我们还发现了一份完整的手稿《新理学答问》。纸已经变黄变脆，字迹却还可以看清。我决定将它送给国家图书馆。在那里已经有了《新世训》《新原人》的手稿，让它们一起迎接未来。

东西是一件一件陆续积累的，散去也不容易，我一批一批安排它们的去处。到现在已近一年，可以说才进入尾声。在这段时间里，一切都进行得很自然，我没有一点感伤。一切事物聚到头，终究要散去的，散往各方，犹如天上的白云。

最有影响的是冯友兰的著作。近来，许多报刊都刊载了韩国总统朴槿惠的话，她说，在她处于生命的最低谷时，是中国哲学家冯友兰的《中国哲学史》像灯塔一样照亮了她的生活。西南联大校友吴大昌写信来，说他看到了二〇一二年出版的一本书《冯友兰论人生》，其中一篇文章《论悲观》是为他写的。一九三九年在昆明，他向冯先生请教人生问题，冯先生为回答他的问题写了这篇文章，他得到了帮助。他说："我是一个受益的学生。我钦佩他的博学深思，也感谢他热心助人。"这都是中国哲学的力量。学中国哲学是一种受用。近年来，有一百多家出版社出版了冯友兰的著作。海外关于冯著的出版也从未断绝。《中国哲学简史》一九四八年问世以来，一直行销不衰。"贞元六书"中的《新原道》于一九四六年经英国人Hughs译成英文，名为《中国哲学之精神》在伦敦出版。我一直以为这本书没有能够再版。最近得到消息，这本书在这几十年间，一直有英、美数家出版社出版，隔几年便出一次，最近的一次在二〇〇五年。我非常惊异这本书的生命力，和冯著其他书一样，"文章自有命，不仗史笔垂"，它们勇敢地活着，把力量传播到四方，如同云在青天。

在这个世界上有很多不公道，但还是善良的人居多。对那些关心我、帮助我的人，我永远怀着感激之情。有些帮助是需要勇气的。从这里我看到人的高贵，一些小事也是历历在目。就燕园而言，北大校方对我时有照顾。还有那些不知名的人。地震期间，来帮助搭地震棚的学生和教师，他们走过这里便来帮忙。一次修房，需要把东西搬开，有一个班的学生来义务劳动，很是辛苦。就在我离开燕园的前几天，有人在信箱里放了一张复印件，那是一篇关于父亲的文章（《1948—1949冯友兰再掌清华》）。放的人大概怕我没有看到。一切的好意我都知晓、领受，不能忘记。

一次从外面回来，下车时，一位中年人过来搀扶，原来是一位参观者。还有一位参观者从四川来，很想向冯先生的照片礼拜一番。当时我的原则是，室内不开放，只能在园内参观。不料，这位先生在甬路上下跪，恭敬地三叩首，然后离去。一位北大校友来信说，他在学校五年，没有到过燕南园。现在要回学校来，目的之一是看看“三松堂”。隔些时就有人来看望“三松堂”，多年来一直是这样。这里仿佛有一个气场，在屋内的房间里，也在屋外的松竹间，充满着“蜡炬成灰泪始干”的执着和对文化的敬重，还有对生活的宽容和谅解。现在，这里将建为冯友兰故居，可以得到大家的亲近。希望这里能继续为来者提供少许的明白和润泽。

我离开了。我没有回头，也没有哭。

2013年2月

铁箫声幽

邻院中还有通红的串红和美人蕉，记得我曾说串红像鞭炮，似乎马上会噼噼啪啪响起来。

没有名字的墓碑

——关于济慈

上大学二年级英文课时，教师是英国人。他除文章外还随意讲一些诗。一次曾问我们喜欢哪一家。我立即回答：济慈。哪几首呢?《夜莺曲》和《希腊古瓮曲》。当时读书不多，感受却强烈，所以回答爽快。以后见识虽稍广，感觉却似乎麻木多了。常常迟疑，弄不清自己究竟怎么想，更不要说别人了。也许因为诗句本身的力量，也许因为读时年轻，后来的麻木并未侵吞以前的记忆，在杂乱的积累中，济慈的诗句有时会蓦地跳出，直愣愣地望着我。

一九八四年三月中旬，我们从英格兰西南部都彻斯特返回伦敦。进市区后，车子经过一些僻静的街道，停在一座房屋的小绿门前。英国朋友说，济慈在这里住过，《夜莺曲》就是在这里写的。我们没有提过要参观济慈故居，大概是贤主人知道我的故居癖吧，顺路便到这里——恰巧不是别人，而是济慈住过的地方。

这是一座小巧舒适的房屋。原属于济慈的好友，退休商人查理斯·布朗和布朗的朋友狄尔克。济慈六岁失怙，十一岁失恃。一八一八年他的二弟病逝后，他应邀在这里居住，前后约两年，供济慈使用的是一间卧室、一间起居室。起居室在楼下，有法国式落地窗可以坐看花园。那里现在有绿草地、郁金香和黄水仙。室内书橱中有他同时代人的作品。窗旁有莎士比亚肖像。莎翁是济慈最爱的诗人。无论走到哪里，他都带着莎翁的像和作品。展品中还有他手录的莎翁的诗。卧室的楼上，有带帐幔的床，帐顶弯起如船底，是照那时的样子仿制的。据说济慈病重时，讨厌这帐幔的花样，便总到布朗起居室的长沙发上休息。底层还有一间他自己用的小厨房，石壁石槽，阴冷潮湿，看去一点引不起家庭的温馨感觉。

济慈短促的一生实在没有尝过多少人间的温馨。他孤身一人，无依无靠。虽然有友谊的支持，但总还是寄居。经济拮据，又不断生病。贫病交加，那日子也许非亲自经历不能体会。他为了生计，在一八一九年底曾谋求外科医生职位，他以前学过医。布朗劝他继续写诗，并借钱给他维持生活。

一八一九年四月，布劳恩一家租住了这房子属于狄尔克的一部分。济慈和布劳恩家长女凡妮感情日笃。这一年的春和夏，大概是诗人最幸福的日子吧，五月的一个清晨，他在这个花园里写出《夜莺曲》。那时这里还是个小村庄，这一带名为汉普斯德荒原，可以想见其自然景色。除《夜莺曲》一首外，《致赛琪》《忧愁》和他诗歌的顶峰《希腊古瓮曲》都是这时写出的。

飞呵飞呵我要飞向你
不驾酒神的车
而是凭借看不见的诗翼

在《夜莺曲》中，济慈凭借诗的翅膀，同夜莺的歌声一起高高飞翔，展开丰富的想象。他要飞离人世的痛苦和煎熬。他在温柔的夜色中感到许多美丽的花朵，在夜莺狂喜的歌声中，死亡也变得丰富甜美。然而歌声远去了，留下的只有孤独。

据记载，一八二〇年春，有人看见济慈坐在小村外，对着眼前的自然景色痛哭。哪一位诗人不爱家乡、祖国，不爱家乡的田野、树木、溪水、花朵，不爱亲人朋友，不用心全力拥抱生活？在自己不得不离开时，哭，恐怕也减轻不了他的痛苦吧。

老实说，去英国时，想到的都是小说家，还有一个莎士比亚。压根儿没有想起济慈。他的故居也不像勃朗特姊妹和哈代故居那样有当时的气氛。但去过后，车子驶过越来越繁华的街道，他的两句诗忽然闪出，直愣愣看着我：

美即是真，真即是美——这就是
你们在地上所知和须知的一切。

如何解释这两句诗，已经有连篇累牍的文章。我当时联想到他不幸的一生，只有一声叹息。

三月二十三日我们到诗会做客。诗会是诗歌爱好者自己组织的团体。我们的老诗人方敬把另一位老诗人卞之琳翻译的《英国诗选》送给他们一本。他们十分高兴，建议选一首来朗读。这首诗恰又是济慈的《希腊古瓮曲》。诗会的前任会长，一位退休的中学校长朗读英文原诗，由我念卞译中文诗。

听见的乐调固然美，无从听见的
却更美；——

我听着老人轻微而充满感情的声音，心里知道他是怎样热爱诗，又怎样热爱济慈的诗。

呵，幸福的幸福的枝条！永不会
掉叶，也永远都不会告别春天；
幸福的乐师，永远也不会觉得累，
永远吹奏着曲调，又永远新鲜

我念中文诗时，觉得卞先生的译文真是第一流的。我的“朗诵”虽未入流，但我相信如果济慈听见，一定高兴。

回想他的故居展品中，有一个石膏面像，说是他死后从他脸上做出来的，看着想着都很不舒服。据说经过解剖，发现他的肺已经一塌糊涂，医生很奇怪他居然用这样的肺活了那么长。他是顽强的人，不顽强是无法作诗的。

一八二〇年秋，济慈的病日益严重。医生说只有到意大利过冬才有救。英国天气阴冷，一百多年前没有很好的取暖设备，的确不利于有病之身。我这次到英国一行，才懂得为什么英国小说里有夏天生火取暖的描写。九月十三日，济慈离开伦敦。船经都赛时，他曾上岸，最后一次站在英国的土地上。回到甲板后，眼看英格兰在眼前慢慢消失，他把自己的一首诗《明亮的星》写在随身携带的莎士比亚诗集里，在《一个情人的抱怨》旁边。这手迹陈列在他故居中，字迹秀丽极了。

意大利的天气没有能救他。一八二一年二月二十三日，他终于告别人世，再也不能回到他爱的土地，想来那美丽的风光一直印刻在他心中吧。再也不能见到他爱的人，她戴着他赠予的石榴石戒指一直到死。

两天后他葬在罗马新教徒墓地。照他自己的安排，墓碑上没有名字，只有他自己选的一句话：

这里长眠的人
他的名字写在水里

1984年4月下旬

写故事人的故事

——访勃朗特姊妹故居

在英格兰约克郡北部有一个小地方，叫作哈渥斯。一百多年前，谁也没有想到，它会举世闻名。有这么多人不远万里而来，只为了看看坐落在一个小坡顶的那座牧师宅，领略一下这一带旷野的气氛。

从利兹驱车往哈渥斯，沿途起初还是一般英国乡间景色，满眼透着嫩黄的绿。渐渐地，越走越觉得不一般。只见丘陵起伏，绿色渐深，终于变成一种黯淡的陈旧的绿色。那是一种低矮的植物，爬在地上好像难于伸直，几乎覆盖了整个旷野。举目远望，视线常被一座座丘陵隔断。越过丘陵，又是长满绿色榛莽的旷野。天空很低，让灰色的云坠着，似乎很重。早春的冷风不时洒下冻雨。这是典型的英国天气！

车子经过一处废墟，虽是断墙破壁，却还是干干净净，整理得很好。有人说这是《呼啸山庄》中画眉田庄的遗址，有人说是《简·爱》中桑恩费尔德府火灾后的模样，这当然都不必考证。不管它的本来面目究竟如何，这样的废墟，倒是英国的特色之一，走到哪里都能看见，信手拈来便是一个。这一个冷冷地矗立在旷野上，给本来就是去寻访故居的我们，更添了思古之幽情。

到了哈渥斯镇上，在小河边下车，循一条石板路上坡，坡相当陡。路边不时有早春的小花，有一种总是直直地站着，好像插在地上。路旁有古色古香的小店和路灯。快到坡顶时，冷风中的雨忽然地变成雪花，飘飘落下。一两个行人撑着伞穿过小街。从坡顶下望，觉得自己已经回到百年前的历史中去了。

转过坡顶的小店，很快便到了勃朗特姊妹故居——当时这一教区的牧师宅。

这座房子是石头造的，样子很平板，上下两层，共八间。一进门就看见勃朗特三姊妹的铜像。艾米莉（1818—1848）在中间，右面是显得幼小的安（1820—1849），左面是仰面侧身的夏洛蒂（1816—1855）。她们的兄弟布兰威尔有绘画才能，曾画过三姊妹像。据一位传记作者说，像中三人，神情各异。夏洛蒂孤独，艾米莉坚强，安温柔。这画现存国家肖像馆，我没有看到过。铜像三人是一样沉静——大概在思索自己要写的故事，眼睛不看来访者。其实她们该看一看的，在她们与世隔绝的一生里，一辈子见的人怕还没有现在一个月多。

三姊妹的父亲帕特里克·勃朗特年轻时全靠自学，进入剑桥大学圣约翰学院，毕业后曾任副牧师、牧师，后到哈渥斯任教区长。他在这里住到他的亲人全都辞世，自己在八十四岁时离开人间。他结婚九年，妻子去世，留下六个孩子，四个长大成人。他们是夏洛蒂、布兰威尔、艾米莉和安。会画画的布兰威尔是唯一的儿子，善于言辞，镇上有人请客，常请他陪着说话。只是经常酗酒，后来还抽上鸦片，三十一岁时去世。

在原来孩子们的房间里，陈列着他们小时的“创作”。连火柴盒大小的本子上也密密麻麻写满了字，墙上也留有“手迹”——据说那时纸很贵。他们从小就在编故事，两个大的编一个安格利亚人的故事，两个小的编一个冈达尔人的故事。艾米莉在《呼啸山庄》之前写的东西几乎都与冈达尔这想象中的国家有关。可惜“手迹”字太小，简直认不出来写的什么。

帕特里克曾对当时的英国女作家、第一部《夏洛蒂·勃朗特传》的作者盖茨凯尔夫人说：孩子们能读和写时，就显示出创造的才能。她们常自编自演一些小戏。戏中常是夏洛蒂心目中的英雄威灵顿公爵最后征服一切。有时为了这位公爵和波拿巴、汉尼拔、恺撒究竟谁的功绩大，也会争论得不可开交，他就得出来仲裁。帕特里克曾问过孩子们几个问题，她们的回答给他印象很深。他问最小的安，她最想要什么。答："年龄和经验。"问艾米莉该怎样对待她的哥哥布兰威尔。答："和他讲道理，要是不听，就用鞭子抽。"又问夏洛蒂最喜欢什么书。答："《圣经》。"其次呢？"大自然的书。"

我想大自然的书也是艾米莉喜爱的，也许是最爱的，位于《圣经》之前。几十年来，我一直不喜欢《呼啸山庄》这本书，以为它感情太强烈，结构较松散。经过几十年人事沧桑，又亲眼见到哈渥斯的自然景色后，回来又读一遍，似乎看出一点它的深厚的悲剧力量。那灰色的云，那暗绿色的田野，她们从小到大就在其间漫游。作者把从周围环境中得到的色彩和故事巧妙地调在一起，极浓重又极匀净，很有些哈代的威塞克斯故事的味道。这也许是英国小说的一个特色。这种特色在《简·爱》中也有，不过稍淡些。现在看来，《呼啸山庄》的结构在当时也不同一般。它不是从头到尾叙述，而是从叙述人看到各个人物的动态，逐渐交代出他们之间的关系。过去和现在穿插着，成为分开的一段段，又合成一个整体。

一八三五年，夏洛蒂在伍列女士办的女子学校任教员，艾米莉随去学习。但艾因为想家，不久便离开，由安来接替。艾二十岁时到哈利费克斯任家庭教师，半年后又回家。艾离家最长的时间是和夏一起到布鲁塞尔学习的九个月。她习惯家里隐居式的无拘束的生活，爱在旷野上徘徊，让想象在脑子里生长成熟。她和旷野是一体的，离开家乡使她受不了，甚至生病。但她不是游手好闲的人，她协助女仆料理一家人的饮食。据说她擅长烤面包，烤得又松又软。她常常一面做饭一面看书，《呼啸山庄》总有一部分是在厨房里写的吧。夏洛蒂说她比男子坚强，比孩子单纯；对别人满怀同情，对自己毫不怜惜。她在肺病晚期时还坚持操作自己担当的一份家务。

夏洛蒂最初发现艾米莉写诗，艾很不高兴。她是内向的，本来就是诗人气质。她一八四六年写成《呼啸山庄》，次年出版，距今已一百多年了，读者还是可以感到这本书中喷射出来的滚沸的热情。她像一座火山，也许不太大。

从她给出版人的信中，我们知道她于一八四八年春在写第二本书，但是没有片纸只字的手稿遗留下来。一位传记作者说，也许她自己毁了，也许夏洛蒂没有保藏好，也许现在还在她们家的哪一个橱柜里。

一八四八年九月布兰威尔去世时，艾米莉已经病了，她拒绝就医服药，于十二月十九日逝世。可是勃朗特家的灾难还没有到头，次年五月，安又去世。安也写过诗，和两个姐姐合出了一本诗集，写过两本小说《艾格尼丝·格雷》和《野岗庄园房客》，俱未流传。她于一八四九年五月二十四日往斯卡勃洛孚疗养，夏洛蒂陪着她。二十八日病逝，就近殡葬。

牧师宅中只有夏洛蒂和老父相依为命了。

陈列展品中有夏洛蒂的衣服和鞋，都很纤小，可以想见她小姑娘般的身材。她们三人写的书，曾被误认为是出于同一个作者，出版人请她们证实自己的身份。夏和安不得已去了伦敦。见到出版人拿出邀请信来时，那位先生问她们从哪儿得来的这信，完全没有想到这两个小女人就是作者。

三人中只有夏洛蒂生前得到作家之名。她活得比弟妹们长，也没有超过四十岁。她在布鲁塞尔黑格学校住过一年多，先学习，后任教。这时她对黑格先生发生了爱情。她爱得深，也爱得苦，这是毫无回报的爱。这也是夏一生中唯一一次充满激情的爱，结果是四封给黑格的信，在他的家里保存下来。夏于一八五四年六月和尼科尔斯副牧师结婚。她看重尼科尔斯的爱，对他也感情日深。勃朗特牧师宅中有一个房间原是女仆住的，后改为尼科尔斯的房间。

夏洛蒂于一八五五年三月，和她的姊妹一样，死于肺病。

楼上较大的一间房原是勃朗特先生用，现在陈列着三姊妹著作的各种文字译本，主要是《简·爱》和《呼啸山庄》。但是没有中文本。这缺陷很容易弥补。要知道我们中国人读这两本书非今日始，上一代已经在读在译了。我们立刻允诺送几部中译本来陈列。

从窗中望去，可见近处教堂尖顶，据说墓地也不远。勃朗特全家除安以外都葬在那里。因为时间关系，我们不能去凭吊了。离开牧师宅时看见有人在三姊妹像旁拿了一张纸，我也去拿了一张，原来是捐款用的。这里的一切费用都是三姊妹的忠诚读者捐赠的。人生得一知己足矣，有这样多的人爱她们，关心她们的博物馆，真让人高兴——当然不只是为她们。

我们又回到旷野上。风还在吹，雨还在飘。满地深绿色看不出一点摇动，仿佛天在动，而地却停着。车子驶过一座又一座丘陵，路一直伸向天边。这不是简·爱万分痛苦地离开桑恩费尔德的路吗？这不是凯瑟琳·恩萧和希斯克利夫生前和死后漫游的荒野吗？他们的游魂是否还在这里飘荡？勃朗特姊妹在这里永远与她们的人物为伴了。

听说这一带还有勃朗特瀑布、勃朗特桥，一块大石头是勃朗特的座位，连这个县都以勃朗特命名了。人们说夏洛蒂是写云能手，而艾米莉笔下的风雪，也使人不忘。或许还该有勃朗特云和勃朗特风雪吧。

1984年5月上旬

看不见的光

——弥尔顿故居及其他

这座小屋是约翰·弥尔顿一六〇八年到一六七四年间住过的，至少有三百余年历史了。据说有一部分重修过，还时常修葺，所以不很破旧。但那砖砌的烟囱和窄窗都表现出它的古老。低矮的门，狭窄的门道，不大的房间，这就是二十年奔走革命以后弥尔顿老人活动的场所。进门左手一间是从前的厨房，壁炉里吊着旧式的锅、壶等，吊杆上有很多锯齿，可以移动容器，掌握离火的远近，还有个像大钟似的烤炉，很有田舍风味。右边一间是从前的起居室，现在陈列着弥尔顿的著作。据说老人每天清晨即起，在室内踱步，一面构思，等女儿起身后，便将腹稿口授给女儿笔录。

他四十四岁双目失明，在黑暗中过了二十年。他的伟大诗篇《失乐园》《复乐园》和《力士参孙》都是在这一时期写成的。它们给人怎样灿烂的光辉！有的评论家说，人们常用崇高这一字眼，但真正当得起的，只有很少数的艺术品，弥尔顿的史诗是其中之一。

作为一个诗人，弥尔顿有两个特点，一是有生活，一是有学问。他用一生三分之一的时间参加政治斗争，为国为民也为他的教会，积极反对君主专制。他主张人人生而平等，最先大声疾呼支持处决查理一世。他担任克伦威尔共和国政府的拉丁文秘书，为共和国政府做了很多宣传方面的工作。他在《为英国人民声辩》里说："基督教徒不应有任何国王，既已有一个，他应是国民的公仆。"他在《失乐园》里歌颂了撒旦反对上帝的斗争，也对后来成为独裁者的克伦威尔有所批评。我想这是他能写出称得上伟大、崇高作品的一个重要原因。

弥尔顿的政治生活使他取得直接的经验，他的博览群书使他取得间接的经验。《失乐园》里有这样三行诗：

> 途中，它（按：指撒旦）降落在塞利卡那，
> 那是一片荒原，那里的中国人
> 推着轻便的竹车，靠帆和风力前进。

杨周翰先生从这三句诗出发，写了一篇文章《弥尔顿〈失乐园〉中的加帆车》，文中论及知识与创作的关系。说弥尔顿的学识使他的作品获得“高致”。“高致”是看不见的，也不是立竿见影能得到的。只能在读万卷书，行万里路中渐渐地“高”起来。“读万卷书，行万里路”这八个字不知出自何典，它形象地说出生活和学识对于创作的必要性。

小屋外是普通小花园，整洁宜人。这一切都由一个“房客”照管。这是英国管理故居的办法之一。由一家居住，也由这一家负责维护、接待参观。楼上原为弥尔顿卧室，现因这家主妇生产，参观者不准上楼。

我在小园中少立，觉得屋内外都给人寥落凄清之感。比较起来，弥尔顿的知音比勃朗特姐妹少得多了。也许最好的艺术总是曲高和寡？也许他太古老了？也许诗歌本身总是更受语言限制，不易翻译，不易理解？老实说，我就只读过《失乐园》的片段，还不是很认真，更不要说他的其他诗作。但是他的革命精神，他的政治活动，他的学识都融会在他的诗里，发出看不见的光。他在英国文学史上的地位是不朽的。

这次带我出游的主人是三十多年前我在南开大学读书时的老师，刘荣恩贤伉俪。三十多年前他们离开南开后便在英国居住，对英国文化很了解，了解又加上热心，所以弥尔顿故居并非最后一站。再向西行，到一个十六世纪古镇爱默先姆。这是一条很有趣的街，仿佛是故意搭起来拍电影用的，两旁房屋有的不免东倒西歪，但因维修仔细，不显风雨侵蚀的痕迹，好像一张保养得很好的老人的脸。那大车店的窗户依旧古式样，黑框白底涂抹分明。门很宽，敞开着，似乎随时会有驿车进来。它使我想起我们涿鹿县的大车店，那门也是这样的，二十五年前我还坐在马车上出入过。这里房屋不高，小门临街，以前都是黎民百姓的住所，现在据说租金越来越贵。街中有一座两层的石建筑，有柱无墙，是当时的粮食市场。主人引我进了旁边一个黑洞洞的门，里面弯弯曲曲有店铺，我们到一个香草店，店里全是各样加工过的香花香草，幽香沁人。据说现在又时兴用香草了，想是香水不够古雅吧。店主人是胖胖的妇女，知道我从中国来，立刻说她的叔叔到过中国，还上过万里长城呢。这样的寒暄我遇到多次了，很抱歉，我总怀疑他们当时是打仗去的。不过现在的笑容很是诚恳热情，不该勾起往事。最主要的是，我们自己已经不是一盘散沙，不可轻侮了。我们这东方的巨龙正奋力摆脱贫穷和愚昧的泥潭。因为坐在巨龙背上，世界对于我，才是一个自由的地方。

我们带着满身幽香到一个小饭馆吃饭。店门外有一株杨柳，就凭这一株柳树，店名就叫“杨柳”。店很小，但一进门便看见壁炉里烧得正旺的火，满屋暖洋洋的。那生菜真好。现在回想，店主人该把苔丝德蒙娜的《杨柳歌》贴在墙上作为装饰的。

英国有这个特点，到哪儿总能找出点古迹。他们深以悠久深厚的文化传统自豪，不遗余力地保护称得上是古迹的一切。从前有人说，英国人善于用旧瓶装新酒，中国人善于用新瓶装旧酒。他们的“新”，想是指资产阶级革命而言，现在也不见得新。我们的旧，想是指封建主义而言，也总该换掉了。人不能把自己束缚在过去。过去应该像弥尔顿的生活底子和学识一样，要在这上面写出伟大的史诗来，发出看不见的光。

归途中又下雨了，绿色的田野在薄暮的朦胧里，随着山坡起伏。弥尔顿故居的小村在田野间，很快就看不见了。

1984年5月

三松堂断忆

转眼间父亲离开我们已快一年了。

去年这时，也是玉簪花开得满院雪白，我还计划在向阳的草地上铺出一小块砖地，以便把轮椅推上去，让父亲在浓重的树荫中得一小片阳光。因为父亲身体渐弱，忙于延医取药，竟没有来得及建设。九月底，父亲进了医院，我在整天奔忙之余，还不时望一望那片草地，总不能想象老人再不能回来，回来享受我为他安排的一切。

哲学界人士和亲友们都认为父亲的一生总算圆满，学术成就和他从事的教育事业使他中年便享盛名，晚年又见到了时代的变化。生活上有女儿侍奉，诸事不用操心，能在哲学的清纯世界中自得其乐。而且，他的重要著作《中国哲学史新编》，八十岁才开始写，许多人担心他写不完，他居然写完了。他是拼着性命支撑着，他一定要写完这部书。

在父亲的最后几年里，经常住医院，一九八九年下半年起更为频繁。一次是十一月十一日午夜，父亲突然发作心绞痛，外子蔡仲德和两个年轻人一起，好不容易将他抬上救护车。他躺在担架上，我坐在旁边，数着脉搏。夜很静，车子一路尖叫着驶向医院。好在他的医疗待遇很好，每次住院都很顺利。一切安排妥当后，他的精神好了许多，我俯身为他掖好被角，正要离开时，他疲倦地用力说："小女，你太累了!""小女"这乳名几十年不曾有人叫了。"我不累。"我说，勉强忍住了眼泪。说不累是假的，然而比起担心和不安，劳累又算得了什么呢。

过了几天，父亲又一次不负我们的劳累和担心，平安回家了。我们笑说："又是一次惊险镜头。"十二月初，他在家中度过九十四岁寿辰。也是他最后的寿辰。这一天，丁石孙先生和民盟中央的几位负责人前来看望，老人很高兴，谈起一些文艺杂感，还说，若能汇集成书，可题名为《余生札记》。

这余生太短促了。中国文化书院为他筹办了庆祝九十五岁寿辰的"冯友兰哲学思想国际研讨会"，他没有来得及参加。但他知道了大家的关心。

一九九〇年初，父亲因眼前有幻象，又住医院。他常常喜欢自己背诵诗词，每住医院，总要反复吟哦《古诗十九首》。有记不清的字，便要我们查对。“青青陵上柏，磊磊涧中石。人生天地间，忽如远行客。”“浩浩阴阳移，年命如朝露。人生忽如寄，寿无金石固。”他在诗词的意境中似乎觉得十分安宁。一次医生来检查后，他忽然对我说：“庄子说过，生为附赘悬疣，死为决疣溃痈。孔子说过，朝闻道，夕死可矣。张横渠又说，存，吾顺事；殁，吾宁也。我现在是事情没有做完，所以还要治病。等书写完了，再生病就不必治了。”我只能说：“那不行，哪有生病不治的呢！”父亲微笑不语。我走出病房，便落下泪来，坐在车上，更是泪如泉涌。一种没有人能分担的孤单沉重地压迫着我，我知道，分别是不可避免的。

我们希望他快点写完《新编》，可又怕他写完。在住医院的间隙中，他终于完成了这部书。亲友们都提醒他，还有本《余生札记》呢。其实老人那时不只有文艺杂感，又还有新的思想，他的生命是和思想和哲学连在一起的。只是来不及了，他没有力气再支撑了。

人们常问父亲有什么遗言。他在最后几天有时念及远在异国的儿子钟辽和唯一的孙子冯岱。他用力气说出的最后的关于哲学的话是：“中国哲学将来一定会大放光彩！”他是这样爱中国，这样爱哲学。当时有李泽厚和陈来在侧。我觉得这句话应该用大字写出来。

然后，终于到了十一月二十六日那凄冷的夜晚，父亲那永远在思索的头脑进入了永恒的休息。

作为父亲的女儿，而且是数十年都在他身边的女儿，在他晚年又身兼几大职务，秘书、管家兼门房，医生、护士带跑堂，照理说对他应该有深入的了解。但是我无哲学头脑，只能从生活中窥其精神于万一。根据父亲的说法，哲学是对人类精神的反思。他自己就总在思索，在考虑问题。因为过于专注，难免有些呆气。他晚年耳目失其聪明，自己形容自己是“呆若木鸡”。其实这些呆气早已有之。抗战初期，几位清华教授从长沙往昆明，途经镇南关，父亲手臂触城墙而骨折。金岳霖先生一次对我幽默地提起此事，他说：“当时司机通知大家，不要把手放在窗外，要过城门了。别人都很快照办，只有你父亲听了这话，便考虑为什么不能放在窗外，放在窗外和不放在窗外的区别是什么，其普遍意义和特殊意义是什么。还没考虑完，已经骨折了。”这是形容父亲爱思索。他那时正是因为在思索，根本就没有听见司机的话。

他的生命就是不断地思索，不论遇到什么挫折，遭受多少批判，他仍顽强地思考，不放弃思考。不能创造体系，就自我批判，自我批判也是一种思考。而且在思考中总会冒出些新的想法来。他自我改造的愿望是真诚的，没有经历过二十世纪中叶的变迁和六七十年代的各种政治运动的人，是很难理解这种自我改造的愿望的。

幸亏有了新时期，人们知道还是自己的头脑最可信。父亲明确采取了不依傍他人，“修辞立其诚”的态度。我以为，这个“诚”字并不能与“伪”字相对。需要提出“诚”，需要提倡说真话，这是我们这个时代的悲哀。

我想历史会对每一个人做出公允的、不带任何偏见的评价。历史不会忘记有些微贡献的每一个人，而评价每一个人时，也不要忘记历史。

父亲一生对物质生活的要求很低，他的头脑都让哲学占据了，没有空隙再来考虑诸般琐事。而且他总是为别人着想，尽量减少麻烦。一个人到九十五岁，没有一点怪癖，实在是奇迹。父亲曾说，他一生得力于三个女子：一位是他的母亲、我的祖母吴清芝太夫人，一位是我的母亲任载坤先生，还有一个便是我。一九八二年，我随父亲访美，在机场上父亲作了一首打油诗：“早岁读书赖慈母，中年事业有贤妻。晚来又得女儿孝，扶我云天万里飞。”确实得有人料理俗务，才能有纯粹的精神世界。近几年，每逢我生日，父亲总要为我撰写寿联。一九九〇年夏，他写了最后一联，联云：“鲁殿灵光，赖家有守护神，岂独文采传三世；文坛秀气，知手持生花笔，莫让新编代双城。”父亲对女儿总是看得过高。“双城”指的是我的长篇小说，曾拟名《双城鸿雪记》，后定名为《野葫芦引》。第一卷《南渡记》出版后，因为没有时间，没有精力，便停顿了。我必须以《新编》为先，这是应该的，也是值得的。当然，我持家的能力很差，料理饭食尤其不能和母亲相比，有的朋友都惊讶我家饭食的粗糙。而父亲从没有挑剔，从没有不悦，总是兴致勃勃地进餐，无论做了什么，好吃不好吃，似乎都滋味无穷。这一方面因为他得天独厚，一直胃口好，常自嘲“还有当饭桶的资格”；另一方面，我完全能够体会，他是以为能做出饭来已经很不容易，再挑剔好坏，岂不让管饭的人为难。

父亲自奉甚俭，但不乏生活情趣。他并不永远是道貌岸然，也有豪情奔放、潇洒闲逸的时候，不过机会较少罢了。一九二六年父亲三十一岁时，曾和杨振声、邓以蛰两先生，还有一位翻译李白诗的日本学者一起豪饮，四个人一晚喝去十二斤花雕。六十年代初，我因病常住家中，每天傍晚随父母到颐和园包坐大船，一元钱一小时，正好览尽落日的绮辉。一位当时的大学生若干年后告诉我说，那时他常常看见我们的船在彩霞中漂动，觉得真如神仙中人。我觉得父亲是有些仙气的，这仙气在于他一切看得很开。在他的心目中，人是与天地等同的。“人与天地参”，我不止一次听他讲解这句话。《三字经》说得浅显，“三才者，天地人”。既与天地同，还屑于去钻营什么！那些年，一些稍有办法的人都能把子女调回北京，而他，却只能让他最钟爱的幼子钟越长期留在医疗落后的黄土高原。一九八二年，钟越终于为祖国的航空事业流尽了汗和血，献出了他的青春和生命。

父亲的呆气里有儒家的伟大精神，“天行健，君子以自强不息”，自强不息到“知其不可而为之”的地步；父亲的仙气里又有道家的豁达洒脱。秉此二气，他穿越了在苦难中奋斗的中国的二十世纪。他一生便是二十世纪中国文化的一个篇章。

据河南家乡的亲友说，一九四五年初祖母去世，父亲与叔父一同回老家奔丧，县长来拜望，告辞时父亲不送；而对一些身为老百姓的旧亲友，则一直送到大门。乡里传为美谈。从这里我想起和读者的关系，父亲很重视读者的来信，许多年常常回信，星期日上午的活动常常是写信。和山西一位农民读者车恒茂老人就保持了长期的通信，每索书必应之。后来我曾代他回复一些读者来信，尤其对年轻人，我认为最该关心，也许几句话便能帮助发掘了不起的才能。但后来我们实在没有能力做了，只好听之任之。把人家的千言万言书束之高阁，起初还感觉不安，时间一久，则连不安也没有了。

时间会抚慰一切，但是去年初冬深夜的景象总是历历如在目前，我想它是会伴随我进入坟墓的了。当晚，我们为父亲穿换衣服时，他的身体还那样柔软，就像平时那样配合。他好像随时会睁开眼睛说一声“中国哲学将来一定会大放光彩”。我等了片刻，似乎听到一声叹息。

不得不离开病房了。我们围跪在床前，忍不住痛哭失声！仲扶着我，可我觉得这样沉重的孤单！在这茫茫世界中，再无人需我侍奉，再无人叫我的乳名了。这么多年，每天清晨最先听到的，是从父亲卧房传来的咳嗽，每晚睡前必到他床前说几句话。我怎样才能从多年的习惯中走出来！

然而日子居然过去快一年了。只好对自己说，至少有一件事稍可安慰：父亲去时不知道我已抱病，他没有特别的牵挂，去得安心。

文章将尽，玉簪花也谢尽了。邻院中还有通红的串红和美人蕉，记得我曾说串红像鞭炮，似乎马上会噼噼啪啪响起来。而生活里又有多少事值得它响呢！

1991年9月病中

猫 家

十月份到南方转了一圈，成功地逃避了气管炎和哮喘——那在去年是发作得极剧烈的。月初回到家里，满眼已是初冬的景色。小径上的落叶厚厚一层，树上倒是光秃秃的了。风庐屋舍依旧，房中父母遗像依旧，我觉得一切似乎平安，和我们离开时差不多。见过了家人以后，觉得还少了什么。少的是家中另外两个成员——两只猫。“媚儿和小花呢?”我和仲同时发问。

回答说，它们出去玩了，吃饭时会回来。午饭之后是晚饭，猫儿还不露面。晚饭后全家在电视机前小坐，照例是少不了两只猫的。媚儿常坐在沙发扶手上，小花则常蹲在地上，若有所思地望着我。我总是和它说话，问它要什么，一天过得好不好。它以打哈欠来回答。有时就试图坐到膝上来，有时则看看门外，那就得给它开门。

可这一天它们不出现。

“小花，小花，快回家！”我开了门灯，站在院中大声召唤。因为有个院子，屋里屋外，猫们来去自由，平常晚上我也常常这样叫它，叫过几分钟后，一个白白圆圆的影子便会从黑暗里浮出来，有时快步跳上台阶，有时走两步停一停，似乎是闹着玩。有时我大开着门它却不进来，忽然跳着抓小飞虫去了，那我就不等它，自己关门。一会儿再去看时，它坐在台阶上，一脸期待的表情，等着开门。

小花被家人认为是我的猫。叫它回家是我的差事，别人叫，它是不理的。仲因为给它洗澡，和它隔阂最深。一次仲叫它回家，越叫它越往外走，走到院子的栅栏门了，忽然回头见我出来站在屋门前，它立刻转身飞箭似的跑到我身旁。没有衡量，没有考虑，只有天大的信任。

对这样的信任我有些歉然，因为有时我也不得不哄骗它，骗它在家等着，等到的是洗澡。可它似乎认定了什么，永不变心，总是坐在我的脚边，或睡在我的椅子上。再叫它，还是高兴地回家。

可是现在，无论怎么叫，只有风从树枝间吹过，好不凄冷。

七十年代初，一只雪白的、蓝眼睛的狮子猫来到我家，我们叫它狮子，它活了五岁，在人来讲，约三十多岁，正在壮年。它是被人用鸟枪打死的。当时它刚生过一窝小猫，好的送人了，只剩一只长毛三色猫，我们便留下了它，叫它花花。花花五岁时生了媚儿，因为好看，没有舍得送人。后来又有一只小猫没有送出。花花活了十岁左右，也是深秋时分，它病了，不肯在家，曾回来有气无力地叫了几声，用它那妩媚温顺的眼光看着人，那就是它的告别了。后来它忽然就不见了。猫不肯死在自己家里，怕给人添麻烦。

孤儿小猫就是小花，它是一只非常敏感、有些神经质的猫，非常注意人的脸色，非常怕生人。它基本上是白猫，头顶、脊背各有一块乌亮的黑，还有尾巴是黑的。尾巴常蓬松地竖起，如一面旗帜，招展得很有表情。它的眼睛略呈绿色，目光中常有一种若有所思的神情。我常常抚摸它，对它说话，觉得它不知什么时候就会回答。若是它忽然开口讲话，我一点不会奇怪。

小花有些狡猾，心眼儿多，还会使坏。一次我不在家，它要仲给它开门，仲不理它，只管自己坐着看书。它忽然纵身跳到仲膝上，极为利落地撒了一泡尿，仲连忙站起时，它已方便完毕，躲到一个角落去了。“连猫都斗不过!”成了一个话柄。

小花也是很勇敢的，有时和邻家的猫小白或小胖打架，背上的毛竖起，发出和小身躯全不相称的吼声。“小花又在保家卫国了。”我们说。它不准邻家的猫践踏草地。猫们的界限是很分明的，邻家的猫儿也不欢迎客人。但是小花和媚儿极为友好地相处，从未有过纠纷。

媚儿比小花大四岁，今年已快九岁，有些老态龙钟了，它浑身雪白，毛极细软柔密，两只耳朵和尾巴是一种娇嫩的黄色。小时可爱极了，所以得一媚儿之名。它不像小花那样敏感，看去有点儿傻乎乎。它曾两次重病，都是仲以极大的耐心带它去小动物门诊，给它打针服药，终得痊愈。两只猫洗澡时都要放声怪叫。媚儿叫时，小花东藏西躲，想逃之夭夭。小花叫时，媚儿不但不逃，反而跑过来，想助一臂之力。其憨厚如此。它们从来都用一个盘子吃饭。小花小时，媚儿常让它先吃。小花长大，就常让媚儿先吃。有时一起吃，也都注意谦让。我不免自夸几句：“不要说郑康成婢能诵毛诗，看看咱们家的猫！”

可它们不见了！两只漂亮的、各具性格的、懂事的猫，你们怎样了？

据说我们离家后几天中，小花在屋里大声叫，所有的柜子都要打开看过。给它开门，又不出去。以后就常在外面，回来的时间少。以后就不见了，带着爱睡觉的媚儿一起不见了。

“到底是哪天不见的？”我们追问。

都说不清，反正好几天没有回来了。我们心里沉沉的，找回的希望很小了。

“小花，小花，快回家！”我的召唤在冷风中，向四面八方散去。

没有回音。

猫其实不仅是供人玩赏的宠物，它对人是有帮助的。我从来没有住过新造的房子。旧房就总有鼠患。在城内迺兹府居住时，老鼠大如半岁的猫，满屋乱窜，实在令人厌恶。抱回一只小猫，就平静多了。风庐中鼠洞很多，鼠们出没自由。如有几个月无猫，它们就会偷粮食，啃书本，坏事做尽。若有猫在，不用费力去捉老鼠，只要坐着，甚至睡着喵呜几声，鼠们就会望风而逃。一次父亲和我还据此讨论了半天“天敌”两字。猫是鼠的天敌，它就有灭鼠的威风！驱逐了鼠的骚扰，面对猫的温柔娇媚，感到平静安详，赏心悦目，这多么好！猫实在是人的可爱而有利的朋友。

小花和媚儿的毛都很长，很光亮。看惯了，偶然见到紧毛猫，总觉得它没穿衣服。但长毛也有麻烦处，它们好像一年四季都在掉毛，又不肯在指定的地点活动，以致家里到处是猫毛。有朋友来，小坐片刻，走时一身都是猫毛，主人不免尴尬。

一周过去了，没有踪影。也许有人看上了它们那身毛皮——亲爱的小花和媚儿，你们究竟遇到了什么！

我们曾将狮子葬在院门内枫树下，它大概早融在春来绿如翠、秋至红如丹的树叶中了。狮子的儿孙们也一代又一代地去了，它们虽没有葬在家内，也各自到了生命的尽头。“前不见古人，后不见来者”，生命只有这么有限的一段，多么短促。我亲眼看见猫儿三代的逝去，是否在冥冥中，也有什么力量在看着我们一代又一代在消逝呢？

1992年11月上旬

花朝节的纪念

农历二月十二日，是百花出世的日子，为花朝节。节后十日，即农历二月二十二日，从一八九四年起，是先母任载坤先生的诞辰。迄今已九十九年。

外祖父任芝铭公是光绪年间举人。早年为同盟会员，奔走革命，晚年倾向于马克思主义。他思想开明，主张女子不缠足，要识字。母亲在民国初年进当时的女子最高学府北京女子师范学校读书，一九一八年毕业。同年，和我的父亲冯友兰先生在开封结婚。

家里有一个旧印章，刻着“叔明归于冯氏”几个字，叔明是母亲的字。以前看着不觉得，父母都去世后，深深感到这印章的意义。它标志着一个家族的繁衍，一代又一代来到世上，扮演各种角色，为社会做一点努力，留下了各种不同色彩的记忆。

在我们家里，母亲是至高无上的守护神。日常生活全是母亲料理，三餐茶饭，四季衣裳，孩子的教养，亲友的联系，需要多少精神！我自幼多病，常在和病魔做斗争，能够不断战胜疾病的主要原因是我有母亲。如果没有母亲，很难想象我会活下来。在昆明时我严重贫血，上“纪念周”站着站着就晕倒，后来索性染上肺结核休学在家。当时的治法是一天吃五个鸡蛋，晒太阳半个小时。母亲特地把我的床安排到有阳光的地方，不论多忙，这半小时必在我身边，一分钟不能少。我曾由于各种原因多次发高烧，除延医服药外，母亲费尽精神护理。用小匙喂水，用凉手巾敷在额上。有一次高烧昏迷中，觉得像是在一个狭窄的洞中穿行，挤不过去。我以为自己就要死了，一抓到母亲的手，立刻知道我是在家里，我是平安的。后来我经历名目繁多的手术，人赠雅号“挨千刀的”。在挨千刀的过程中，也是母亲，一次又一次陪我奔走医院。医院的人总以为是我陪母亲，其实是母亲陪我。我过了四十岁，还是觉得睡在母亲身边最心安。

母亲的爱护，许多细微曲折处是说不完，也无法全捕捉到的。但也就是因为有这些细微曲折才形成一个家，这人家处处都是活的，每一寸墙壁、每一寸窗帘都是活的。小学时曾以“我的家庭”为题作文。我写出这样的警句：“一个家，没有母亲是不行的。母亲是春天，是太阳。至于有没有父亲，不很重要。”作业在开家长会时展览，父亲去看了，回来向母亲描述，对自己的地位似并不在意，以后也并不努力增加自己的重要性，只顾沉浸在他的哲学世界中。

希腊文明是在奴隶制时兴起的，原因是有了奴隶，可以让自由人充分开展精神活动。我常说，父亲和母亲的分工有点像古希腊。在父母那时代，先生专心做学问，太太操劳家务，使无后顾之忧，是常见的。不过我的父母亲特别典型，他们真像一个人分成两半，一半主做学问，一半主理家事，左右合契，毫发无间。应该说，他们完成了上帝的愿望。

母亲对父亲的关心真是无微不至，父亲对母亲的依赖也是到了极点。我们的堂姑父张岱年先生说：“冯先生做学问的条件没有人比得上。冯先生一辈子没有买过菜。”细想起来，在昆明乡下时，有一阵子母亲身体不好，父亲带我们去赶过街子，不过次数有限。他的生活基本上是水来湿手，饭来张口。古人形容夫妇和谐用“举案齐眉”几个字，实际上就是孟光给梁鸿端饭吃；若问“是几时孟光接了梁鸿案”，也应该是做好饭以后。

旧时有一副对联“自古庖厨君子远，从来中馈淑人宜”，放在我家正合适。母亲为一家人真操碎了心，在没有什么东西的情况下，变着法子让大家吃好。她向同院的外国邻居的厨师学烤面包，用土豆引子，土豆发酵后力量很大，能“砰”的一声，顶开瓶塞，声震屋瓦。在昆明时一次父亲患斑疹伤寒，这是当时西南联大一位校医郑大夫经常诊断出的病，治法是不吃饭，只喝流质，每小时一次，几天后改食半流质。母亲用里脊肉和猪肝做汤，自己擀面条，擀薄切细，下在汤里。有人见了说，就是只吃冯太太做的饭，病也会好。

一九六四年父亲患静脉血栓，在北京医院卧床两个月。母亲每天去送饭，有时从城里我的住处，有时从北大，都总是第一个到。我想要帮忙，却没有母亲的手艺。父亲暮年，常想吃手擀的面，我学做过几次，总不成功，也就不想努力了。

母亲把一切都给了这个家。其实母亲的才能绝不只限于持家。母亲毕业于当时的女子最高学府，曾任河南女子师范学校预科算术教员。她有一双外科医生的巧手，还有很高的办事能力。外科医生的工作没有实践过，但从日常生活中，从母亲缝补、修理的功夫可以想见；办事能力倒是有一些发挥。

五十年代初至一九六六年，母亲做居民委员会工作，任北大燕南、燕东、燕农、镜春、朗润、蔚秀、承泽、中关八大园的主任，曾为家庭妇女们办起装订社、缝纫社等。母亲不畏辛劳，经常坐着三轮车来往于八大园间。这是在家庭以外为社会服务，她觉得很神圣，总是全心全意去做。居委会成员常在我家学习，最初贺麟夫人刘自芳、何其芳夫人牟决鸣等都是成员，后来她们迁往城内，又有吴组缃夫人沈淑园等参加。五十年代有一次选举区人民代表，不记得是哪一位曾对我说，“任大姐呼声最高”。这是真正来自居民的声音。

我心中有几幅图像，愈久愈清晰。

一幅在清华园乙所，有一间平台加出的房间，三面皆窗，称为玻璃房，母亲常在其中办事或休息。一个夏日，三面窗台上摆着好几个宽口瓶和小水盆，记得种的是慈姑。母亲那时大概不到四十岁，身着银灰色起蓝花的纱衫，坐在房中，鬓发漆黑，肌肤雪白。常见外国油画有什么什么夫人肖像，总想怎么没有人给母亲画一幅。

另一幅在昆明乡下龙头村。静静的下午，泥屋、白木桌，母亲携我坐在桌前，为我讲解鸡兔同笼四则题。父亲从城里回来，点评说这是一幅乡居课女图。

龙头村旁小河弯处有一个小落差，水的冲力很大。每星期总有一两次，母亲把一家人的衣服装在箩筐里，带着我和小弟到河边去。还有一幅图像便是母亲弯腰站在欢快的流水中，费力地洗衣服，还要看着我们不要跑远，不要跌进河里。近来和人说到洗衣的事，一个年轻人问，是给别人洗吗？还没到那一步，我答。后来想，如果真的需要，母亲也不怕。在中国妇女贤淑的性格中，往往有极刚强的一面，能使丈夫不气馁，能使儿女肯学好，能支撑一个家庭度过最艰难的岁月。孔夫子以为女人难缠，其实儒家人格的最高标准“富贵不能淫，贫贱不能移，威武不能屈”，用来形容中国妇女的优秀品质倒很恰当，不过她们是以家庭为中心罢了。

母亲六十二岁时患甲状腺癌，手术后一直很好。六十年代末又患胆结石，经常大发作，疼痛，发烧，最后不得不手术。那一年母亲七十五岁。夜里推进手术室，父亲和我在过厅里等，很久很久，看见手术室甬道那边推出一辆平车，一个护士举着输液瓶，就像一盏灯。我们知道母亲平安，仍能像灯一样给我们全家以光明、以温暖。这便是那第四幅图像了。握住母亲的手时，我的一颗心落在腔子里，觉得自己很有福气。

母亲虽然身体不好，仍是操劳家务，真没有过一天清闲的日子。她总是说，你们专心做你们的事。我们能专心做事，都因为有母亲，操劳一生的母亲！

记得是一九七七年九月十日，母亲忽然吐血，拍片后确诊为肺门静脉瘤。当时小弟在家，我们商量，母亲虽然年迈，病还是该怎么治就怎么治，不可延误。在奔走医院的过程中，受到许多白眼。一家医院住院部一位女士说：“都八十三岁了，还治什么！我还活不到这岁数呢。”可以说，母亲的病没有得到治疗，发展很快。最后在校医院用杜冷丁控制疼痛，人常在昏迷状态。一次忽然说："要挤水！要挤水！"我俯身问什么要挤水，母亲睁眼看我，费力地说："白菜做馅要挤水。"我的眼泪一下涌了出来，滴在母亲脸上。

母亲没有让人多侍候，不过三周便抛弃了我们。当时父亲还在受审查，她走时很不放心，非常想看个究竟，但她拗不过生死大限。她曾自我排解说，知道儿女是好的，还有什么可求呢。十月三日上午六时三刻，我们围在母亲床前，眼见她永远阖上了眼睛。我知道，我再不能睡在母亲身边讨得那样深的平安感了。我们的家从此再没有春天和太阳了。我们的家像一叶孤舟忽然失了掌舵的人，在茫茫大海中任意漂流。我和小弟连同父亲，都像孤儿一样不知漂向何方。

因为政治，亲友都很少来往。没有足够的人抬母亲下楼，幸亏那天来了一位年轻的朋友，才把母亲抬到太平间。当晚哥哥自美国飞回来，到家后没有坐下，立刻要"看娘去"，我不得不告诉他母亲已去。他跌坐在椅上，停了半晌，站起来还是说"看娘去"。

父亲为母亲撰写了一副挽联："忆昔相追随，同荣辱，共安危，期颐望齐眉，黄泉碧落君先去；从今无牵挂，斩名缰，破利锁，俯仰无愧怍，海阔天空我自飞。"自己一半的消失使父亲把一切都看透了。以后，母亲的骨灰盒一直放在父亲卧室里。每年春节，父亲必率领我们上香，如此凡十三年。直到一九九〇年初冬那凄惨的日子，父母相聚于地下。

又过了一年，一九九一年冬，我奉双亲归窆于北京万安公墓，一块大石头作为石碑，隔开了阴阳两界。

我曾想为母亲百岁冥寿开一个小小的纪念会，又想到老太太们行动不便，最好少打扰，便只就平常的了解或电话上的交谈，记下几句话。

姨母任均是母亲最小的妹妹。姨父母在驻外使馆工作时，表弟妹们读住宿小学，周末假日接回我家，由母亲照管。姨母说，三姐不只是你们一家的守护神，也是大家的贴心人。若没三姐，那几年我真不知怎么过。亲戚们谁没有得过她关心照料？人人都让她费过心血，我们心里是明白的。

牟决鸣先生已是很久不见了。前些时打电话来，说："回想起在北大居住的那段日子，觉得很有意思。任大姐那时是活跃人物，她做事非常认真，总是全力以赴。而且头脑总是很清楚。"

在昆明时，赵萝蕤先生和我家几次为邻居，那时她还很年轻。她不止一次对我说很想念冯太太。她说在人际关系的战场上，她总是一败涂地当俘虏。可是和冯太太相处，从未感到战场问题。是母亲教她做面食，是母亲教她用布条打纽扣结，她有什么事都可以向母亲倾诉。记得在昆明乡下龙头村时，有一次赵先生来我家，情绪不大好，对母亲说，一位军官太太要学英语，又笨又俗又无礼，总问金刚钻几克拉怎么说。她不想教，来躲一躲。母亲安慰她，让她一起做家务事。赵先生走时，已很愉快。

另一位几十年的邻居是王力夫人夏蔚霞。现在我们仍然对门而居。夏先生说："你千万别忘记写上我的话。我的头生儿子缉志是你母亲接生的。当时昆明乡下缺医少药，那天王先生进城上课去了，半夜时分我遣人去请你母亲。冯先生一起来的，然后先回去了。你母亲留下照顾我，抱着我坐了一夜，次日缉志才出世。若没有你母亲，我和孩子会吃许多苦！"

像春天给予百花诞辰一样，母亲用心血哺育着，接引着——

亲爱的母亲的诞辰，是花朝节后十日。

1993年5月

客有可人

这天天气很好。我想在客厅摆些花。五月初，花不少，插两枝丁香或几朵月季就可以添许多生气。可是似乎到客人来了，花也没有插上。

客人是英国人。一位是多丽斯·莱辛，根据报上的称呼，她是一位文豪。另一位玛格丽特·德拉布尔，则是著名作家。同来的还有德拉布尔的夫婿麦克尔·霍罗尔伊德，是传记文学作家。两位女作家的大名我当然知道，但没有读过她们的书。九年前访英时她们不在伦敦，未曾谋面。这次得知她们要来访我，心下是有几分诧异的。

《中国大百科全书·外国文学卷》中有莱辛小传。她一九一九年生于英属伊朗，童年时全家迁到英属罗得西亚。一九四九年才返回伦敦定居。对于祖国来说，她是一个异乡人，一定会有很多不寻常的感受。卷中说，她写作题材广阔，富有社会意义。“西方有的评论家认为，莱辛是当代英国最优秀的女作家，堪与简·奥斯丁和乔治·艾略特媲美。”她的作品有《青草在歌唱》《天狼星的试验》《优秀的恐怖分子》等数十种。在向百科全书讨教之余，我记起有人送过我一本莱辛的短篇小说集《习惯的爱》（抑或《爱的习惯》?），为了领略文风，很想找来翻一翻，但是书籍一入风庐，向来难以寻觅，于是临时的佛脚也没有抱成。

德拉布尔是一位女性文学的现实主义作家，著有《光辉的道路》《自然的好奇》和《象牙之路》三部曲等书。由于文学上的成就，已被封为英国勋爵。她生于一九三九年，一家人都毕业于剑桥大学。我在伦敦时倒是见过她的姐姐安托尼亚·勃雅特，也是一位小说家。她们的妹妹海伦是艺术史家，弟弟理查德是一位法官。关于玛格丽特·德拉布尔的介绍，总是全家出动的。

她们进了院门，从小径上走过来了。莱辛是一位瘦削的小老太太，满头银发。德拉布尔则较高大，看去不像年过半百。英语系教授陶洁陪同前来。她们刚刚在英语系会见学生，讲了英国文学情况。

坐定后献茶。这时莱辛对我说：“我不喝印度红茶。”

我一愣，顿时想起贾母不喝六安茶的声明，想来这是老年人的情性。当即回答说我这里没有印度红茶，我们喝的是北京花茶。“茶叶用茉莉花熏过的。”陶洁的英语极流利。

茶过三巡，话也说了不少。她们所以来访，原来是因为读了我那篇小说《鲁鲁》(见于《1949—1989中国最佳短篇小说》)。这书是中国文学出版社编选出版的，前面有李子云序。全书无论从哪方面看都很好，子云的序也很精彩。最令我高兴的是《鲁鲁》的译文，除一些小地方不够准确（谁也难免）外，颇为传神。好几年前，澳大利亚一家出版社出版了一本中国女作家三人集《吹过草原的风》，内有《鲁鲁》，译文较为生硬。有的翻译更看不出原作面貌了。《最佳短篇小说》中《鲁鲁》的译者是克利斯朵夫·司密斯。

她们说她们喜欢动物，也喜欢写动物的作品。奇怪的是她们没有读过屠格涅夫的《木木》。话题转到英国文学，说起哈代。莱辛说她喜欢哈代，最喜欢《无名的裘德》。我想我最喜欢的是《还乡》，其中游苔莎一心向往大城市的心态，现在若重读，定会有新的感受。

她们去过了八达岭。莱辛说那一条路很像意大利（希望我没有记错）。她问我写不写长篇小说，我说写的。她说希望早读到，可得找个好翻译。她的小说《金色笔记》已译成中文，我没有勇气替她看看文笔如何，以前读书读稿一目数十行，随意间就完成，现在数行之后眼睛就发花，想看也看不见了。

话题转向了德拉布尔。我说你们家很像勃朗特姊妹一家，三姊妹都写作，有一个兄弟。她笑起来，说："大家都这么说。可是我们的弟弟比她们的强多了。"勃朗特家的男孩游手好闲，有人请客，常找他陪着说话，类似清客一流人物。说话间，德拉布尔送我一本图文并茂的书《作家的不列颠》，其中有许多作家故居和他们吟咏描写过的景物。莱辛也拿出书来，但并不送我，而是交给陶洁，赠英语系。当然这样读这书的人会多得多，是好办法。两个多月后，莱辛从伦敦寄了书来赠我，书名《伦敦观察》，是一本短篇小说集，内容多为自己成为祖国的异乡人这类感受，正是我关心的。

霍罗尔伊德不只写传记，还做了许多组织工作，曾任英国作家协会主席、英国笔会中心主席。他话不多，显得很谦逊。在座的还有英语系教授陈瑞兰，她翻译了多篇安格斯·威尔逊的小说。客人们希望见她，可能也希望她多译些英国作品吧。

过了几天，数理逻辑专家兼哲学家王浩教授偕夫人哈娜来访。王浩兄留了胡子，须发灰白，若在路上相遇，一定认不得了。他的成就是大家熟悉的，于此不多赘。他们从美国来参加北大校庆，特别是数学系系庆，后在勺园小住。哈娜是捷克人，思路活泼敏捷，说的英语很悦耳。我觉得她很可爱。她说她到北大来，只想见一个人，可惜见不到了，那就是我的父亲——冯友兰先生。人见不到，还可以看看三松，看看遗著，看看我，于是来到三松堂。哈娜说她最喜欢《中国哲学简史》这本书，我们马上互引为同调。我素以为《简史》是一本出神入化的书。写这书时，父亲已有哲学史方面的研究成绩，又创造了自己的哲学体系，两卷本《中国哲学史》和“贞元六书”俱已流传。《简史》将两方面成就融会贯通，深入浅出，内行不觉无味，外行不觉难懂。还有经过卜德教授润饰的英文，可谓清丽流畅。哈娜还喜爱文学，对莱辛、德拉布尔的作品都很熟悉。也说起勃朗特姊妹。人处五洲，肤色各异，可是谈起来都很了解。世界真像个大家庭。

座间还有清华学长唐稚松。他一九四八年到香港，我父亲写信叫他回来，他就回来了。唐兄现任中科院学部委员，一项研究成果获国家自然科学一等奖，为国家人民做出了贡献。除是科学家外，他还是诗人，旧诗格调极高，有“志汇中西归大海，学兼文理求天籁”之句。一九五一年陈寅恪先生曾专函召他赴穗任唐诗助教，可见其造诣。他因另有专长，未能前往。

和王、唐两位谈话，每觉有新趣。他们都是“志汇中西”“学兼文理”的人物，聚在一起，真是难得。遗憾的是，说的话我渐渐不懂了，虽用心听着，还如在五里雾中坐地。

八月下旬，美国女学者欧迪安来访。她是冯学研究专家，最近将几篇研究冯学的论文译成英文，自己写了一篇洋洋洒洒的序，将在美国出版。她极赞赏父亲对郭象的见解，屡次提到。我乃赠以一本冯氏英译《庄子》，其中有一篇专论郭象的文章。她真是大喜过望，如获至宝。她这次要查清冯著每一本书的出版年月，十分认真仔细。有一本书一时找不到，她辗转问过许多人，那晚深夜又问到我这里，经过补充的线索，终于查清。

我还想起另一位女学者，日本的后藤延子。《三松堂全集》中有的文章是她在日本找到的。她也是不肯有一点马虎的，对我们有些学者大而化之的作风频频摇手兼摇头。《三松堂全集》总编纂涂又光曾慨叹道："若不认真努力，愧对延子。"

坚忍执着，知其不可而为之，本是我民族精神的重要组成部分，现在似乎是要渐渐融化在滔滔商海中了。不要说皓首穷经，就是肯安下心来坐一坐冷板凳的人也愈来愈少了。

然而总有希望。我想起另一位来访者。

七十年代末，大家刚刚可以随意走动，三松堂来了个李姓青年人，年纪不过十八九岁，家在河南某县农村。他来的目的，是谈谈读书。他非常喜欢读书，村里无书，便每天步行数十里路，到地区（似是洛阳）图书馆去读书，回家往往在深夜。我后来根据他的谈话写了童话《星之泪》，写星星为一位好学的年轻人照亮路程。他的读书范围很广，除中国经典书籍外，那时正在读西方启蒙运动时的著作。他很想读狄德罗的《拉摩的侄儿》，却找不到。我发愿若买到一定寄去。我把他的地址姓名的纸条放在砚台里，过了好几年，纸条终于不见了。

那年轻人后来不知读了多少书，又不知走上了哪一条生活之路。我想，在读书做学问的道路上，总会有更年轻的人跟上来的。

1993年12月

蜡炬成灰泪始干

二〇〇〇年春，我患目疾，好几个月都在奔走医院。住医院，上手术台，对我都不是新鲜事，这一次却怀着极大的恐怖。我怕变为盲人，我怎能忍受那黑洞里的生活，怎能忍受那黑暗，那茫然，那隔绝。

我在等待第三次手术，日子一天天过，还在等待。一个夜晚，我披衣坐在床上，觉得自己是这样不幸，我不会死，可是以后再无法写作。模糊中似乎有一个人影飘过来，他坐在轮椅上，一手捻须，面带微笑。那是父亲。

“不要怕，我做完了我要做的事，你也会的。”我的心听见他在说。此后，我几次感觉到父亲。他有时坐在轮椅上，有时坐在书房里，有时在过道里走路，手杖敲击地板，发出有节奏的声音。他不再说话，可是每次我想到他，都能得到指点和开导。

老实说，父亲已去世十年。时间移去了悲痛，减少了思念。以前在生活安排上，总是首先考虑老人，现在则完全改变了，甚至淡忘了。而在失明的威胁下，父亲并没有忘记我，或者说我又想起了他。因为我需要他。

“不要怕，我做完了我要做的事，你也会的。”

我会吗？我需要他的榜样，我向记忆深处寻找……

父亲最后的日子，是艰辛的，也是辉煌的。他逃脱了政治旋涡的泥沼，虽然被折磨得体无完肤，却幸而头在颈上，他可以相当自由地思想了。一九八〇年，他开始从头撰写《中国哲学史新编》这部大书。当时他已是八十五岁高龄。除短暂的社会活动，他每天上午都在书房度过。他的头脑便是一个图书馆，他的视力很可怜，眼前的人也看不清，可是中国几千年来的哲学思想的发展在他头脑里十分清楚，那是他一辈子思索的结果。哲学是他一生的依据。自一九一五年，他进入北京大学哲学门，他从没有离开过哲学。

父亲考入北大时，报的是文科。当时有人劝他读法科容易找工作，而且法科可以转文科，可是文科不可以转法科。父亲依言报了法科，考取了，但他还是转入文科。如果他要进仕途，可以从入法科开始，但那不是他的理想。他选择了哲学作为他的终身事业。

父亲那样出生在十九世纪末的一代人，分布在各个学科，创造了中国社会转型时期的新文化。不管在哪一学科，他们有一个共同点，那就是热爱祖国，要使自己的国家扬眉吐气地屹立在世界民族之林。我相信，我的了解没有错。父亲的哲学也不是空谈哲理，也不是书斋里的机锋，他要“阐旧邦以辅新命”，就是要汲取中国文化的精华，作为建设新国家的营养。永远关心着国家、民族的命运，这就是他的“所以迹”。经过多少折腾、磨难，初衷不改，他的最后巨著《中国哲学史新编》的最后一页，仍写着张载的那几句话：“为天地立心，为生民立命，为往圣继绝学，为万世开太平。”他仍然是“虽不能至，心向往之”。

他在一九四二年写的《新原人》中提出了他的境界说——他的哲学的灵泉。此书自序一开始就写了张载四句，接下去便说：“此哲学家所应自期许者也。况我国家民族，值贞元之会、当绝续之交、通天人之际、达古今之变、明内圣外王之道者，岂可不尽所欲言，以为我国家致太平，我亿兆安身立命之用乎？虽不能至，心向往之。非曰能之，愿学焉。”我一直认为，“贞元六书”的几篇短序都是绝妙文章，表现父亲的心胸气魄。听人说有哲学教师讲张载四句竟至泪下，可知怀有为国家致太平，为亿兆安身立命这种深情的人并非少数。

父亲最后十年的生命，化成了《中国哲学史新编》这部书。学者们渐渐有了共识，认为这部书对论点、材料的融会贯通超过了三十年代的两卷本，又对玄学、佛学、道学，对曾国藩和太平天国的看法提出了独到的见解，还认为人类的将来必定会“仇必和而解”，都说出了他自己要说的话。一点一滴，一字一句，用口授方式写成了这部一百五十万字的大书，可谓学术史上的奇迹。蝇营狗苟、利欲熏心的人能写出这样的书吗？我看是抄也抄不下来！有的朋友来看望，感到老人很累，好意地对我说：“能不能不要写了。”我转达这好意，父亲微叹道：“我确实很累，可是我并不以为苦，我是欲罢不能。这就是‘春蚕到死丝方尽，蜡炬成灰泪始干’吧！”

是的，他并不以写这部书为苦，他形容自己像老牛反刍一样，细细咀嚼储存的草料。他也在细细咀嚼原有的知识储备，用来创造。这里面自有一种乐趣。父亲著述还有一个特点，就是不做卡片，曾有外国朋友问：“在昆明时，各种设备差，图书难得，你在哪里找资料？”父亲回答：“我写书，不需要很多资料，一切都在我的头脑中。”这是他成为准盲人后，能完成大书的一个重要条件。

更重要的是他的专注，他的执着，他的不可更改的深情。他在生命的最后两年中不能行走，不能站立，起居需人帮助，甚至咀嚼困难，进餐需人喂，有时要用一两个小时。不能行走也罢，不能进食也罢，都阻挡不了他的哲学思考。一次，因心脏病发作，我们用急救车送他去医院，他躺在床上，断断续续地说：现在有病要治，是因为书没有写完，等书写完了，有病就不必治了。

当时，我为这句话大恸不已。现在想来，如丝已尽，泪已干，即使勉强治疗也是支撑不下去的；而丝未尽，泪未干，最后的著作没有完成，那生命的灵气绝不肯离去。他最后的遗言"中国哲学将来一定会大放光彩"，就是用他整个生命说出来的。

父亲久病后，偶然颤巍巍地站立，总让人想到风烛残年这几个字。烛火在风中摇曳，可以随时熄灭，但父亲的精神之火却是不会熄灭的。他是那样顽强、坚韧，那样丰富，他不烧干自己决不甘心。

一九八二年，父亲到哥伦比亚大学接受名誉博士学位，他写了一首诗："一别贞江六十春，问江可认再来人？智山慧海传真火，愿随前薪做后薪。"薪火相传的意思出自《庄子·养生主》："指穷于为薪，火传也，不知其尽也。"他要像浇了油的木柴一样，前面的木柴烧完了，后面的木柴便接上去，薪火相传代代不息。

父亲那一代人责任感太强了，他们无暇逍遥。其实父亲心底是赞成孔子“吾与点也”那一句话的。曾点说，他的愿望是“浴乎沂，风乎舞雩，咏而归”，父亲是欣赏这种境界的。

二十世纪四十年代，常有人请父亲写字，父亲最喜写唐李翱的两首诗——“练得身形似鹤形，千株松下两函经。我来问道无余说，云在青大水在瓶”。还有一首是“选得幽居惬野情，终年无送亦无迎。有时直上孤峰顶，月下披云啸一声”。

这两首诗，父亲写过几十幅，现在家中只有“月下披云啸一声”那一幅，没有了“云在青天水在瓶”的那一幅。父亲的执着顽强，那春蚕到死，蜡炬成灰，薪尽火传的精神，后面有着极飘逸、极空明的另一方面。一方面是儒家“知其不可而为之”的担得起，一方面是佛、道、禅的“云在青天水在瓶”的看得破。有这样的互补，中国知识分子才能在极严酷的环境中活下去。

很多年以前，父亲为我写了一幅字，写的是龚定庵诗：“虽然大器晚年成，卓荦全凭弱冠争。多识前言蓄其德，莫抛心力贸才名。”后来父亲又为我和外子作过一首诗：“七字堪为座右铭，莫抛心力贸才名。乐章奏到休止符，此时无声胜有声。”父亲深知任何事都要用心血做成，谆谆教诲，不要为一点轻易取得的浮名得意，在寂静中也许会有更好的音乐。想到这些，常觉得父亲坐在那里，以手向上一指向下一指，在沉默中，让人想到“云在青天水在瓶”的诗句；可是那含义，那境界，有谁领会。

我做了手术，出院回家，在屋中走来走去，想倾听父亲卧房里发出的咳声，但是只有寂静。我坐在父亲的书房里，看着窗外高高的树。在这里，准盲人冯友兰曾坐了三十三年；无论是否成为盲人，我都会这样坐下去。

耳读《苏东坡传》

平生最爱东坡文字。十来岁时，在昆明乡下，初读前后《赤壁赋》，那是父亲要求我们背的。文中情景“白露横江，水光接天。纵一苇之所如，凌万顷之茫然”，使人如置身其中；议论虽不太懂，却也易读易背，好文章总是容易记得。后来又迷上了东坡诗词，也深慕东坡为人。一首《江城子》：“十年生死两茫茫，不思量，自难忘”，我玩味了几十年，到现在才真的体会了那分量。苏东坡除留给我们宝贵的文学遗产外，还留下了造福百姓的各种工程，我觉得他真是了不起。其实我的了解很不全面，今年初始，读了林语堂著《苏东坡传》，才了解到他伟大人格的精髓。

写古人的传记，很难。我们没有见过传主，不认识他，只能凭借文字材料，这就要用得准确。最怕的是，望文生义，断章取义，连编带造，幻想丰富，写出来的是传记作者想象的人物，和传主相距何止十万八千里。这本《苏东坡传》也是凭材料写的，但它把握了材料的真意（好在那时还不需要现在这样深奥的“辨伪学”），一幅幅历史画面都是真实可信的。一部好的传记需要驾驭材料的本领，从中也可以看出作者的见识，甚至显示出他自己的人格。

林语堂的名字也是大家熟悉的。惭愧得很，我以前以为，他只是写点中国文化给西方人看，小说也不见得是上乘。可是这本《苏东坡传》，给了我们一个真实的苏东坡。不只是他坎坷的遭遇，也写出了他的精神，他的性格。没有对中国文化的深刻理解，是写不出的。读完这本书，我对书的作者深生敬意。

苏东坡关心人，关心民间疾苦，这是他一生的底色。书中举出他的三件事情，说它们是人道主义的表现。他被贬谪黄州时，对当地百姓因贫穷而杀死婴儿的情况深为惊骇，写信给太守，呼吁制止杀婴。他在信中叙述了杀婴的情况，并做出建议：“公更使令佐各以至意，诱谕地主豪户。若实贫甚不能举子者，薄有以周之。人非木石，亦必乐从。但得初生数日不杀，后虽劝之使杀，亦不肯矣。自今以往，缘公而得活者，岂可胜计哉！”

元祐七年，南方连日大雨，洪水成灾，百姓无衣食，在雨中奔走。而因为青苗法的关系，他们还背负了很重的债务，债主是朝廷。东坡亲眼看到这种情景，夜不能寐，接连七次上表太皇太后，请求宽免贫民的债务。这七次表章可以看作一个文件。

他被贬海南，遇赦回到北方时，知道章惇获罪流放，他给章惇之子的复信说："某与丞相定交四十余年，虽中间出处稍异，交情固无所增损也。闻其高年寄迹海隅，此怀可知。但已往者更说何益？唯论其未然者而已。主上至仁至信，草木豚鱼所知。建中靖国之意可恃以安。所云穆卜反复究绎，必是误听。纷纷见及已多矣，得安此行为幸。见今病状，死生未可必。自半月来食米不半合，见食却饱。今且连归毗陵，聊自憩我里。庶几少休，不即死。书至此，困惫放笔，太息而已。（一一〇一年）六月十四日。"要知道，章惇迫害元祐党人最厉害，把苏东坡一直放逐到海角天涯的琼州。旅途中，多次刁难，不准坐船，经过恳请才能坐一段，还要限定时间。到达目的地，又不准住官舍，东坡不得不结茅而居。连最初允许东坡暂住官舍的太守也被革职。现在，章惇获罪，也被放逐。东坡对他的态度是何等的宽容，充满了同情关心。"闻其高年寄迹海隅，此怀可知……得安此行为幸"，关切之情，跃然纸上。

林公说，这三个文件是人道精神的三个文献。东坡的人道精神还有多方面表现。诸如修水利，建医院，舍药方，赈灾等。几乎贯穿了他为官和被贬的全部生活。

书中还着重指出了东坡的民主精神。他在给门人张耒的一封信里说："文字之衰，未有如今日者也，其源实出于王氏，王氏之文，未必不善也，而患在好使人同己。自孔子不能使人同颜渊之仁，子路之勇，不能以相移。而王氏欲以其学同天下。地之美者同于生物，不同于所生。唯荒瘠斥卤之地，弥望皆黄草白苇。此则王氏之同也。"又在给太皇太后的上书中说："人虽能言，上下隔绝，不能自诉，无异于马。"他主张每个人都应该能表达自己的意见，如果说出来，有关方面听不到，人不如马。如果根本没有说话的权利，岂非更不如马？

东坡和司马光的意见不同，但都不要求别人"从己"。能自由发表意见，不算民主；自己能自由发表意见，又能尊重别人发表意见的权利，才是民主。有一位年轻人问我："西南联大的时期，三校合作无间。那些人都是学富五车、才高八斗的人物，怎么能彼此合作？"我高中毕业那年，正值复员，西南联大解散。我只是联大附中的学生，但因父兄辈在世者渐少，便也常被问及当时情况。我想，先生们大多对中西文化都有了解，有很高的素养，知道民主的真谛在于不只发展自己，也要尊重别人。也就是现在常说的不仅要做到少数服从多数，还要做到多数承认少数的存在。如果多数要消灭少数，就算不得民主。这种精神，千年前的东坡已经具有，是何等的可钦可敬。

东坡的乐观态度给后人精神的净化和鼓舞，在这本书中也得到很好的表现。无论是在黄州的穷乡僻壤或是在惠州瘴疠之地，甚至在大海的那一边的琼州，居无屋，食无米，却还兴致勃勃地和人谈神说鬼。在惠州，曾建议修建公共水利；在琼州，自己造墨，几乎把房子烧了。

东坡在黄州住了四年，还被调来调去。被任命为登州（今蓬莱）太守，只做了五天，就应召进京。这样短的时间里，他还向朝廷建议更改盐税。可惜出自何处，现在我记不得，也无力查，此传未提此事。这在东坡的诸多功绩中，也许不足道，但这也是一件为百姓造福的事，所以当地居民一直怀念他，编出了九朵莲花的传说。说是八仙过海的时候，来了九朵莲花，其中一朵是为东坡准备的，可是他没有去。看来，大家都觉得东坡是应该飘飘然坐在莲花上的。

从书中记述看到，东坡有多位女性知己。他得到几位皇后的关注，尤其是英宗的皇后，也是神宗的皇太后，又是哲宗的太皇太后的高氏，极欣赏东坡的才华，东坡的政绩大多得到她的支持。东坡的原配和继配，两位王夫人都很贤德，侍妾朝云，虽然没有得到夫人的名分，在东坡生活中却有极重要的地位。以前我以为她是杭州名妓。此传中说，她是苏夫人在杭州买的小丫鬟，进府时只有十二岁。曾见东坡一篇文字，说朝云入府时并不识字，大概是丫鬟较确切。不管她的出身如何，朝云极美且有慧根，是无疑的。秦观说朝云“美如春园，目似晨曦”。《红楼梦》第二回，贾雨村论到异气凝聚，从而产生一些不平凡的人物，也提到朝云，把她和薛涛、崔莺、卓文君并论。朝云随侍东坡，远涉蛮荒，身染疟疾而亡，惠州现有朝云墓，上有一亭，名为六如亭。我曾想为朝云写一小说，题目就叫作“六如亭”，也曾想写一篇“五日太守”，讲登州事。像我的许多胡思乱想一样，只在脑中驰骋，永远不得出世。

林公写到东坡停止呼吸，便停了笔，没有写他葬在何处。我偶然得知，东坡和子由葬在河南郏县，今属平顶山市。不知什么缘分，他们长眠在那里。我很想去瞻仰，不过看来是无望了。我现在只能在室中行走，以几步路当作万里之行。

环顾陋室，斑驳如抽象画的北墙，悬有东坡手书（拓片）“海山葱昽气佳哉”那首诗；尚称平展的南墙挂着高尔泰兄书写的《卜算子》：“缺月挂疏桐，漏断人初静”——词是我点的；案上摊着《黄州寒食帖》：“自我来黄州，已过三寒食……空庖煮寒菜，破灶烧湿苇……君门深九重，坟墓在万里。也拟哭途穷，死灰吹不起”；手里再拿着这样好的《苏东坡传》，我还有什么不知足呢。

本书原著是英文，林公的英文当然是十分漂亮的，可惜我不能读了，这是永远的遗憾。

2005年3月上旬

采访史湘云

且说这日宗璞闲来无事，出外胡乱行走。走过一个大门，迎面一座大假山，写着“曲径通幽”四个字，便知是大观园了，不觉走了进去。

循着幽径弯弯曲曲来到了芍药圃，见一女子卧于石上，满身的芍药花瓣。趋前观看，忽然悟到这是史湘云啊！正好史湘云睁开眼睛，见面前一个老婆婆鸡皮鹤发，站在那里摇摇晃晃，忙起身让座，一面自己低头拭泪。

宗璞笑问：“你是史大姑娘？一部《红楼梦》还未见你哭过，何事伤心？”

湘云叹息道：“我不说你也知道。”

宗璞道："老来思维迟钝，还是你说吧。"因见湘云用的罗帕已经湿透，便递去纸巾。

史湘云道："曹公在我的判词和《红楼梦》曲子里都写得清楚，'展眼吊斜晖，湘江水逝楚云飞''云散高唐，水涸湘江'，就是说我回到册子中去了，怎么现在编出那么多离谱的事来。一个电视剧里说我后来做了妓女，你想我史湘云可是那等人，早一头碰死了。又一些人硬说后来我嫁给二哥哥，宝姐姐守寡是曹公早就安排好的，仔细读书就会知道。为什么'琉璃世界白雪红梅'一回里，大家都穿着大红猩猩毡斗篷，唯有珠大嫂子和宝姐姐一个穿藏青色，一个穿莲青色？这是说宝姐姐将来也要像大嫂子一样守寡。二哥哥早在宝姐姐去世前就出家去了，哪有我嫁他的时间？再有一条更有人编派说：二哥哥其实是和我好。这把木石姻缘又放在何地，岂不叫林姐姐嫉恨我？若真有这事我倒不怕，没有的事硬往人身上栽，岂不冤枉。"

宗璞道："是呀，一部书中头等人物并不一定要处在头等地位，若是从上到下都是头等人物，这社会必然了不得。若是不管什么人物都要去占那头等地位，可就不得了了。"

湘云道："你这话说得透。林姐姐来到这世间就是为了还泪，也有把这部书叫作'还泪记'的，我算老几。那天说了一句经济学问，二哥哥就轰我到别的屋里去。他的心事书里交代得明白，怎么老拉扯上我？"

宗璞安慰道："那是因为几位先生太爱这部书了，也太喜欢你了，就生出许多想法来，只是让你受委屈了。不要生他们的气，他们是好心。"

湘云道："把我放在不属于我的位置上，真是窝囊。"

因觉得湘云的话有意思，宗璞拿出录音笔来，想做记录。

史湘云看着录音笔说："当初我有个金麒麟，你这是什么呀？"

宗璞解释道："用这东西做记录，我现在记性太坏了。"

史湘云说："不知曹公怎样安排那金麒麟，是否让卫若兰射圃时捡到。卫若兰便是我的夫君，你听说过吗？'厮配得才貌仙郎，博得个地久天长'，可惜他命不长，先我而逝。"湘云说着又用纸巾拭泪。

宗璞道："我还想到有人研究脂砚斋的批语，说脂砚斋是曹公续弦夫人，也就是你。"

史湘云忙道："就算曹公有个续弦夫人和我有点像，也不能说我就是她啊。册子不是照尘世间发生过的事那样安排，小说归小说，曹公写的是小说，不是传记。你说是不是？"又说："你既然写文章，拿着什么笔，就帮我宣传宣传。"

宗璞道："那好，我也为你不平。说几句话纵然没有多少作用，也是说了。"

湘云道："你回家吗？我看你走路不稳，我送送你吧。"

宗璞忙道："不用不用。"说话间，一阵风过，芍药花瓣漫天飞舞，将史湘云遮住，她不见了。

宗璞叹息，自回到家。家中正乱成一片，人们进进出出，有的打电话，有的拿着呼叫器呼叫，见她回来，围上来问："去哪里了？叫我们着急。"宗璞答不上来，被疑为患了老年痴呆症，得了一道禁令，以后不得独自出门。

2010年6月17日

铁箫声幽

常觉得我们这一代人很幸运。旧书虽念得不多，还知道些；西书了解不深，总也接触过。没有赶上裹小脚、穿耳朵，长达半尺的高跷似的高跟鞋也还未兴起。精神尚不贫乏，肉体不受虐待，经历更是非凡。抗战那一段体会了人的最高贵的精神、信念与坚忍，“文革”那一段阅尽了人的狠毒与可悲。我们的生活很丰富，其中有一项看来普通、现在却让人羡慕、值得大书特书的，那就是，我们有兄弟姊妹。

传统文化讲五伦，其中之一是兄弟。常听见现在的中年人说：他们最羡慕的就是别人有兄弟姊妹。想想我的童年，如果没有我的哥哥和弟弟，我将不会长成现在的我。

我们兄弟姊妹四人，大姐钟琏长我九岁，所以接触较少，哥哥钟辽长我四岁，弟弟钟越小我三岁。整个的童年是和哥哥、弟弟一起度过的。抗战胜利，我们回到北平，回到白米斜街旧宅中，这座房屋是父母的唯一房产。有一间屋子堆满了东西，和走的时候完全一样。那时冬日取暖用很高的铁炉，称为洋炉子。烧硬煤，热力很大，便有炉挡，是洋铁皮做成的，从前常在上面烤衣服。我们看到那铁炉依旧，炉挡依旧。最有趣的是炉挡上面写了两行字，也赫然依旧。这两行字是："立约人：冯钟辽、冯钟璞。只许她打他，不许他打她。"当时在场的人无不失笑。父亲说："这是什么不平等条约！"那时哥哥已经去美国留学，那条约也因炉挡的启用擦去了，他没有再见到我们的不平等条约。

我已不大记得怎么会立下那不平等条约，却有些小事历历如在目前。清华园乙所的住宅中有一间储藏室，靠东墙冬天常摆着几盆米酒，夏天常摆着两排西瓜。中间有一个小桌，孩子们有时在那里做些父母不鼓励的事。记得一天中午，趁父母午睡，哥哥在那里做"实验"，我在旁边看。他的实验是点一支蜡烛烧什么东西，实验目的我不明白。不久听见母亲说话，他急忙吹灭了蜡烛，烛泪溅在我身上。我还没有叫出来，他就捂住我的嘴，小声说："带你去骑车。"于是我们从后门溜出。哥哥的自行车很小，前后轮都光秃秃的没有挡泥板，但却是一辆正式的车，我总是坐在大梁上左顾右盼游览校园。哥哥知道我喜欢坐大梁，便用这“游览”换得我不揭发。那天的“实验”也就混过去了。

后来我要自己骑车了。我想那时的年纪不会超过九岁，大概是八岁。因为九岁那年夏天开始全面抗战，我们离开了清华园。我学会骑自行车完全是哥哥的力量。那时在清华园内甲乙丙三所之间有一个网球场，我们好像从来没有打过网球，只在地上弹玻璃球。我在这场地上学骑自行车，用的是哥哥的那辆小车，我骑车，他在后面扶着座位跟着跑。头一天跑了几圈，第二天又跑了几圈。我忽然看见他不跟着车了，而是站在场地旁边笑。我本来骑得很平稳了，一见他没有扶，立刻觉得要摔倒，便大叫起来。哥哥跑过来扶住，我跳下了车，捏紧拳头照他身上乱捶。他只是笑，说：“你不是会骑了吗?”我想想也是。可是，下一次还是要他扶，他也就虚应故事地跟着跑。就这样我学会了骑自行车，我可以骑姐姐的成人的女车，在清华园里转悠。常从工字厅东边沿着小河过小桥，绕过大礼堂，经过图书馆前面，再经过当时的校医院——这座建筑还在吗——最后从工字厅西面回家。有时一直骑到西院，去看看那一片荒野。当时清华园内人很少，骑车很自由。后来，上个世纪六十年代，我常骑车从灯市口到建国门去上班。我从学车起到停止骑车从未摔过跤。

到昆明以后，哥哥上中学，我和小弟上小学。我们所上的南箐学校因为躲避日本飞机的空袭，迁到昆明郊外岗头村，我们都住校，家还在城里。后来家迁到东郊龙泉镇，我们又在城里住校。不记得是怎么回事了，总之有很长一段时间我们常在周末从乡下走进城，或从城里走到乡下，一次的距离大约是二十里。我们三个人一路走一路说话，讲故事，猜谜语，对小说的回目，对的主要是《红楼梦》和《水浒传》的回目，《三国演义》我不熟。还有一项重要内容是讲自己编的故事，轮流主讲。大概也是编故事的需要，三个人每人有一个国家，哥哥的国家叫“晨光国”，在北极；弟弟的国家叫“英武国”，在海底；我的国家叫“逸坚国”，在火星上。不知为什么，我从小便对火星有兴趣，到现在也觉得火星很亲切。我的兄、弟后来都是工程师，但他们在文艺方面的天赋绝不逊于我，故事编得很热闹，可惜我都不记得了。

家里孩子多，吃饭就成为一个有趣的局面。我小时有一个习惯，就是喜欢脱鞋。尤其是在吃饭的时候，觉得脱了鞋最舒服。这时，哥哥就会把鞋拿走藏起来，我便闹着要鞋，弟弟便会找鞋，常常是笑作一团。到后来还是哥哥把鞋拿出来，我又赖着不肯穿。直到母亲发话“不要闹了”，才算安静下来。

后来我上了联大附中，一度在城里住校。那时联大附中没有宿舍，甚至没有校舍，不知是借的哪里的一个大房间，大家打地铺。一次我生病了，别人都去上课，我昏昏沉沉地躺在空荡荡的大房间里。“妹”，是哥哥的声音，睁眼只见他蹲在我的“床”边。他送来一碗米线，碗里有一个鸡蛋。

哥哥于一九四二年考入西南联大机械系，他不用功，却热心演话剧。参加演出过曹禺的《家》，饰演觉新。我和小弟随父母去看演出那一晚，在高老太爷去世那一场，哥哥把觉新头上的孝布去掉了，为的是怕母亲看了不高兴。他还写小说，我还记得他有一篇小说的第一句是“不疾不徐的雨”。他的文字是很好的，字也写得好，还会刻图章。那时的男孩似乎都会刻图章。他大学二年级时志愿参加远征军，直接在反法西斯战争中做出贡献。有一次他从滇西回昆明度假，看见我的头发长了，要给我剪一剪。他说：“头发为什么要剪成那样齐？剪成波浪式的不好吗？”当时大家都认为他很荒谬，没想到几十年后头发真的不以“齐”为美了。抗战胜利后，哥哥获得美国总统自由勋章，获得此项勋章的翻译官共二十二人。我曾想就此写一篇文章，介绍这些好男儿，因为要用一些英文材料，我的眼睛已坏，不能阅读，便放弃了。文章虽然没有写，对那些投笔从戎的大哥哥，无论得没得勋章，我都永远怀有敬意。

以后，哥哥到美国就读于宾夕法尼亚大学，继续读机械系，也继续开展他多方面的兴趣。他喜欢击剑，入选了校队，代表学校出去比赛；还学过几个月芭蕾舞。工作以后学会开飞机，曾开着飞机从所住城市到另一城市去看望朋友，乘客只有一人，就是我后来的嫂嫂李文沛。二十世纪七十年代哥哥一家回来探亲，说到此事，父亲说："敢开飞机倒不稀奇，难得的是有人敢坐。"大学毕业以后，他根据兴趣又读了数学、物理两个专业。至今他还在研究有关电的问题，前两年曾回国参加静电学会的活动，但是他的理论很少人支持。前些时，哥哥来电话，告诉我一个不幸的事件，他的钱包丢了。别的都没有关系，只是其中的飞机驾驶执照也丢了，他觉得是一大损失。我安慰道："你反正也不开飞机了。"他沉默了片刻，说："用不着了——也不可能再补发了。"

九十年代初，我出版了一本散文集，书名为《铁箫人语》。取这个名字是因为家里有一支铁箫。书出版后不久，南京的"洞箫博物馆"——也许是"乐器博物馆"——来人要求看一看铁箫。他们说他们藏有铜箫，还没有见过铁箫。我把箫拿给他们看，他们观看良久，又试吹过，承认它是一支箫。但我想大概不是很合格。然而它究竟是一支箫，而且是铁箫。我还为这支铁箫写了一小段题记：

> 我家有一支铁箫。
>
> 那是真正的铁箫。一段顽铁，凿有七孔，拿着十分沉重，吹着却易发声。声音较竹箫厚实，悠远，如同哀怨的呜咽，又如同低沉的歌唱。听的人大概很难想象

这声音发自一段顽铁。

铁质硬于石，箫声柔如水；铁不能弯，箫声曲折。顽铁自有了比干七窍之心，便将美好的声音送往晴空和月下，在松荫与竹影中飘荡，透入人的躯壳，然后把躯壳抛开了。

哦，还有个吹箫人呢，那吹箫人，在哪里?

吹箫人可以吹出不同的曲调，而铁箫只有一支。

是谁制作了这支铁箫？制作了这支可以从箫声和箫的本身引出许多联想的铁箫？是我的哥哥——冯钟辽。

箫属于中国文化，可以引起许多中国式的联想，都是陈货，也就不必说了。依我的极为有限的见闻，在冯钟辽做这支箫以前，从没听说过铁箫。它既是乐器，又可以做武器。我常想，最好能有一位女侠，用的兵器是铁箫；抡圆了可以自卫救人，扫尽人间不平事；吹响了可以自娱娱人，此曲只应天上来。也许，我哪天真会写出一篇武侠小说来。

在昆明时生活很艰苦，最常用的乐器只是口琴。母亲吹箫，当时家中有两支玉屏箫，母亲时常吹奏的乐曲是《苏武牧羊》。哥哥制作铁箫便是受竹箫的启发，用一根现成的废铁管，根据一点点中学物理知识，钻几个洞，居然可以吹出曲调，大家都很高兴。我们就是这样因陋就简，使得生活充实而丰富。

哥哥制作铁箫，只不过是他众多兴趣中的一项。他现在最主要的兴趣还是在电学。八十八岁了，仍不断做实验。我说："可别像苏东坡一样，为制墨，把房子烧了。"哥哥的科学知识当然比东坡强多了，房子是不会烧的。但是实验做起来也颇麻烦，哥哥却乐此不疲。在他自己的实验的过程中，就有了辉煌。

2012年2月3日

编辑附记

本套“名家散文珍藏”丛书收入现当代文学名家的散文经典。

为了方便读者阅读，同时兼顾原作风貌，我们在编辑过程中，适当修改了明显的排印错误和个别容易造成理解混乱的字词及标点符号。对于体现作家鲜明创作个性的字词和反映当时行文习惯的标点符号予以保留。

图书在版编目(CIP)数据

宗璞散文 / 宗璞著. —杭州：浙江文艺出版社，2019.9
（名家散文珍藏）
ISBN 978-7-5339-5807-7

Ⅰ. ①宗… Ⅱ. ①宗… Ⅲ. ①散文集—中国—当代 Ⅳ. ①I267

中国版本图书馆 CIP 数据核字(2019)第 186732 号

责任编辑　张　雯
装帧设计　观止堂 _ 未氓
责任印制　张丽敏

宗璞散文 ZONGPU SANWEN
宗　璞　著

出版　浙江文艺出版社
网址　www.zjwycbs.cn
经销　浙江省新华书店集团有限公司
制版　杭州天一图文制作有限公司
印刷　浙江新华数码印务有限公司
开本　850 毫米 × 1168 毫米　1/32
字数　151 千字
印张　8.25
插页　5
印数　0001-6000
版次　2019 年 9 月第 1 版
印次　2019 年 9 月第 1 次印刷
书号　ISBN 978-7-5339-5807-7
定价　**42.00 元**